Andreu Martín
Jaume Ribera

Flanagan 007

COLUMNA JOVE

Segona edició: setembre de 1999
Projecte gràfic: Columna Comunicació, S.A.

Carrer Viladomat, 135 - 08015 Barcelona
ISBN: 84-8300-552-2
Dipòsit legal: B. 39.278-1999
Imprès a Hurope, S.L.
Carrer Lima, 3 bis - 08030 Barcelona

1

L'amiga Mesamiga

Aquell dimarts, primer dia de classe després de la setmana santa, no vaig anar a escola. Ni dimecres, ni dijous, ni divendres. Estava massa ocupat, salvant la vida de la meva germana. No sé si recordeu com va començar tot.[1]

La Blanca i jo ja havíem passat la fase d'enamorament ferotge i havíem accedit a la fase d'una relació assossegada i serena, una felicitat tranquil·la i estable. La nostra passejada d'aquell dia no havia estat un final espectacular ni especialment emotiu. D'aquella passejada i del petó que ens vam fer en arribar al bar del meu pare només puc dir-ne que per a mi no era un final, era una continuació, una meravellosa continuació.

Si aquell petó de comiat va ser especialment significatiu és perquè, en entrar a casa, em vaig trobar la mare plorant.

—Què passa?

—La teva germana, que no apareix per enlloc! Que hauria d'haver tornat avui! Que hem trucat al seu promès

1. Ho vaig explicar al *Flanagan Blues Band.*

i ens ha dit que no van marxar plegats aquesta setmana santa, que es van barallar el dia que havien de marxar! Fa més d'una setmana...!

Em vaig quedar de pedra, garratibat per un calfred. I el meu pare va venir corrents i, amb una expressió molt greu, em va dir:

—L'has de trobar, Juanitu! No ets detectiu? Doncs l'has de trobar! Fes el que vulguis, però troba-la!

Detectiu, detectiu! De detectiu, res! No en sóc, de detectiu! En fi, ja sabeu com me la vaig guanyar, la fama. Investigava cosetes dels meus companys de classe, ximpleries sense importància, i així guanyava uns diners. Que si a una li havien robat el diari personal i, morta de vergonya, em demanava que el recuperés abans que no li fessin xantatge. Que si l'altre volia un informe sobre les notes que el seu pare treia *de veritat* quan anava a l'escola, per no haver de continuar sent objecte de comparacions humiliants... Johnny Flanagan, el terror dels pares mentiders, dels lladres de diaris personals i dels enamorats tímids que enviaven poemes anònims. És veritat que, investigant petites foteses com aquestes, m'havia trobat amb casos terribles, com ara assassinats i tràfic de drogues i coses per l'estil, i fins i tot n'havia resolt uns quants i fins i tot m'havia fet un nom a la comissaria de policia del barri, però això encara no em feia detectiu professional.

Tanmateix, el cert és que jo ja me n'havia sortit de situacions més difícils que aquella que em plantejava el pare, i, donat que es tractava de la desaparició de la meva germana, no m'hi podia negar.

—Em podeu dir què coi passa, exactament? —vaig exigir.

El pare se'm va encarar i em va posar les mans sobre les espatlles.

—Ens ho pots dir tu?

—Que si us puc dir què?

—El que et va dir ella abans de marxar.

Em mirava fixament als ulls, com si en comptes de ninetes hi tingués l'agulla d'un detector de mentides. L'interessava més el que jo ja pogués saber que no pas el que pogués esbrinar com a detectiu.

—A què estem jugant? —em vaig queixar.

—Hi ha coses que no se'ls diuen, als pares. Però entre germans...

—Que no en sé res, de debò! No em va dir res!

Des del bar, un client reclamava l'atenció d'algú:

—Ei! Qui serveix, aquí? Que no hi ha ningú?

La mare m'ajudava:

—Que no en sap res, home, ja t'ho ha dit. Què vols que sàpiga? A la Pili l'han segrestada!

Tot i que l'experiència m'ha ensenyat a posar en quarantena les afirmacions de la mare, no vaig poder evitar l'ensurt.

—Segrestada?

—Sí, sí, segrestada, segrestada! —insistia la mare, mentre el pare es fregava la cara amb una mà i no sabia on mirar.

—Bah, bah, bah, bah —deia. No volia ni pensar-hi.

—Ja heu avisat la policia? —vaig dir.

—És clar que no! —va udolar el pare—. Que no l'han segrestada, la Pili! Què vols que ens demanin, a nosaltres, com a rescat? Cinquanta caixes de cervesa? Cent tapes d'olives farcides? La Pili s'ha escapat de casa! S'ha ficat en un merder, i per això no vol que avisem la policia!

—Així que has penjat el telèfon, tu mateix has dit que l'havien segrestada! —el va acusar la mare.

Jo no em vaig poder contenir més:

—Però em podeu explicar de què va, d'una vegada? —Vaig adjectivar la paraula «vegada» amb una paraula malsonant—. Qui ha trucat?

—La Pili —va dir el pare, com si fos el més natural del món.

El client del bar reclamava ara la presència d'un cambrer picant amb la mà sobre el taulell. El pare es resistia a deixar-me sol amb la mare.

—Vés a veure què volen, no? —deia ella.

—Vés-hi tu!

I jo:

—La Pili?

—Sí, la Pili.

—Ei, què està passant, aquí? —xisclava el client, impacient, al bar—. Que m'he de servir jo mateix? No he vist que hi posi «self-service», a la porta!

El pare va esbufegar amb prou força per inflar de cop el globus aerostàtic dels germans Montgolfier i va sortir fent gambades cap al bar. Un segon després, el sentíem udolar:

—No, home, no, ja el serviré jo! Amb molt de gust! Què vol? Lleixiu, mata-rates, un còctel de sucs de vàter?

—Però què diu? Que està boig? —el client, amb un fil de veu.

—Doncs si vol una altra cosa, s'espera! I si no té espera, se'n va a un altre bar! Entesos?

Allò sí que em va esgarrifar, perquè donava una idea clara de l'estat d'ànim del pare. Fins a aquell moment, sempre l'havia vist sotmès al negoci familiar, passés el que passés. Un mite que queia per terra.

Mentre continuava la discussió al bar («Doncs jo vull un vermut i vostè em posarà un vermut!», «Què s'hi juga que no?»), la mare s'explicava:

—La Pili acaba de trucar. Diu «No us amoïneu per mi, estic aquí amb el nòvio», i que sobretot no avisem la policia, que no li passa res. Però el pare de seguida s'ha mosquejat. Perquè havíem parlat amb el seu nòvio, el Paco, i ens havia dit que havien renyit, i diu el pare: «Amb qui estàs, amb el Paco?» I diu ella: «Sí.» El pare: «Mentida, perquè el Paco és aquí, a Barcelona!» I ella: «Ai, no, que estic amb el Carles! I, sobretot, que no aviseu la policia, que no em passa res!»; i ha penjat. I el pare de seguida ha dit: «L'han segrestada. He notat com li tremolava la veu!»

—Us han demanat rescat?

—No, no.

Arribava el pare, tot esverat.

—Què li has explicat?

—Tot.

—I...?

Ja m'havien encomanat l'esglai.

—Segur que estem fent una muntanya de no res —vaig dir mentre corria cap a l'habitació de la Pili.

No em va costar gens trobar la seva agenda d'estudis. Els pares guaitaven per damunt de la meva espatlla. A la *c* no hi havia cap Carles. A la *p* hi vaig trobar el número de telèfon del Paco. D'allà el devia haver tret el pare. I a la *i*, entre «Infor» i «Italianos (Los)», el número de la seva amiga Isabel. Deia: «Isabel Mesamiga.» Ja en tenia prou, per començar.

—Tu no tenies un amic detectiu? —preguntava el pare, com si s'hi hagués repensat.

Mentre marcava el número del Paco, vaig recordar l'embolic en què ens havia ficat, passades les festes de Nadal.

El pare m'havia encarregat que esbrinés qui era i com era el misteriós nòvio de la Pili, del qual la resta de la família només coneixíem el nom de pila, Paco. I jo, per circumstàncies que explico detalladament a *Alfagann és Flanagan*, em vaig inventar els seus cognoms (Tarrés Muñoz) i la resta de la seva vida. Que treballava en un banc, que era un bon partit. Això sense haver-lo vist mai a la meva vida. I vet aquí que un dia es presenta a sopar la Pili amb el seu nòvio, que va resultar que es deia Paco Tarrés Muñoz i que treballava en un banc i era un bon partit. Em van saltar els ulls de les òrbites, amb dues molles darrere, com als tebeos. Tot era un muntatge de la Pili, és clar, però hi vaig caure de quatre potes. I no havia tornat a saber res més d'aquella història.

No vaig saber-ne res fins que, aquell dia, li vaig trucar.

—Paco? Sóc el Joan Anguera, el germà de la Pili, el Flanagan.

—Ah.

—Vull parlar amb tu.

Feia una setmana que havíem tingut bronca a casa, i bronca de la grossa. La Pili havia anunciat que se n'anava de vancances amb el nòvio, tots dos sols, a Venècia. El pare s'havia enfilat per les parets i la Pili havia sortit amb una energia que ningú no li coneixia. «Me n'aniré si vull, i si no vols que torni, no tornaré!», havia cridat, abans d'eixordar-nos amb un cop de porta definitiu. No hi havia hagut manera de parar-la.

—Ja vaig parlar amb el teu pare —em va dir el Paco amb veu fúnebre—. La Pili i jo vam trencar.

—I què més li vas dir, al pare?

—Res més. No em va preguntar res més.

Em semblava una mica tanoca, aquell pobre xicot.

—¿No li vas dir quan vau trencar, ni per què, ni quan va ser l'última vegada que la vas veure? —«No», anava dient ell. «No.» I el pare, que no havia preguntat res. No sé de qui ho dec haver heretat, això del pesquis—. Doncs, apa, explica-m'ho a mi.

—Bé... —Tot d'una em va semblar que li tremolava la veu i em vaig témer el pitjor—. Vam trencar fa dos o tres mesos. A finals de febrer. —«Òspita!», vaig pensar. I ell es va llançar a un relat exhaustiu de tot el que va passar aquell dia terrible en què la Pili va dir que el deixava. La data exacta, l'hora, el minut i el segon, el temps que feia, el temps previst, la roba que duia la meva germana, la roba que duia ell, el que havien predit els horòscops del diari... Jo intentava tallar-lo, però no em feia cas. Parlava amb tanta vehemència que gairebé m'omplia l'orella de capellans a través de l'auricular del telèfon. De sobte, em va eixordar amb un crit escanyat—: M'estava enganyant amb un altre! —Semblava a punt de plorar! Socors! Havia de tallar-li el rotllo abans que no fos massa tard—. Jo li donava tot el que em demanava, saps, Joan? Sempre em vaig portar bé amb ella. I ella, en canvi, va conèixer algú i...

—Molt bé, gràcies...

—No, per favor, no pengis! —va marranejar, amb un plor descarat—. M'agrada parlar d'ella. Abans, em passava hores i hores parlant d'ella amb els meus amics... Ara, no sé ben bé per què, em giren l'esquena. No te'n pots refiar mai, dels amics, Joan. Tu, en canvi, ets el seu germà. És una mica com si fóssim de la família...

Allò ja va ser massa. El cunyat Flanagan va respondre amb un exabrupte i va penjar de cop.

Els pares em miraven com si fos cirurgià i estigués fent una operació a cor obert, les pupil·les dilatades, mossegant-se els punys com antropòfags famolencs.

—Què t'ha dit, què t'ha dit?

—Que van partir peres amb la Pili, però d'això ja fa dos mesos.

—I aleshores, qui era el seu nòvio? Qui és aquest Carles de qui parla? Amb qui havia d'anar a Venècia?

—No ho sé.

No em vaig donar temps per plantejar-me qüestions ni enigmes. Per evitar aquelles terrorífiques mirades d'angúnia, vaig decidir que amb la Isabel Mesamiga hi parlaria l'endemà i personalment. Vaig dir que volia estudiar els papers de la Pili (a més a més era una bona excusa per tafanejar-li els secrets) i que necessitava molta concentració, i d'aquesta manera vaig ajornar els sentiments d'angoixa.

—I la teva germana? —va fer la mare, tremolosa.

—La meva germana ha trucat per dir que estava bé!

—vaig cridar—. No entenc res! Truca per dir que està bé i de seguida penseu que està malament! Sempre dieu «Si has d'arribar tard, truca», i ara, quan truca per dir que no us amoïneu, encara us amoïneu més!

És mentida. No vaig ajornar les inquietuds. Vaig eludir l'angoixa compartida, però de nit i sol no vaig poder aclucar l'ull pensant en la Pili. Suposo que tant els pares com jo ens esforçàvem a pensar que a la Pili encara li durava la bronca d'abans de vacances i que estava castigant una mica el pare per tots aquells crits i aquelles amenaces de feia una setmana. Deduíem que si li tremolava la veu quan parlava amb el pare per telèfon, era a conseqüència dels esgarips que, amb tota probabilitat, li estava adreçant el pare. I volíem creure que si no tornava era perquè no li donava la gana, perquè estava furiosa i/o molt enamorada. Tant de bo que estigués vivint un *amour fou* amb un noi ben maco (aquell Carles!), alt i fort i complaent i sensible. Tant de bo, perquè si no...

Era aquest «si no» el que no em deixava dormir. Surten tantes coses als diaris... No volia ni pensar-hi. Però no m'ho podia treure del cap. Per què havia de dir, la Pili, que no avisessin la policia? D'on havia tret aquell Carles que substituïa el Paco? Tenia raó el pare quan deia que li notava por i tremolor a la veu?

L'endemà em vaig presentar a la porta de l'institut a primera hora, quan hi entraven tots els meus companys. La Maria Gual, amb la brusa cenyida que es posa per fer quequejar el profe de socials, em va picar l'ullet.

—¿Has crescut un parell de centímetres, Flanagan, o és que avui no m'he posat tacons?

—No, no te'ls has posat. Portes ferradures, com sempre. Se't deuen haver gastat.

—Ha, ha.

La Vanessa Banús, *Cos Deu,* anava molt ufana i aprofitava l'absència del seu nòvio Xarxeneguer, convalescent en un hospital, per coquetejar amb dos o tres espatlluts bavosos.

—Ei, que no véns a classe, Flanagan?

—No, avui no.

Quan la Isabel em va veure de lluny i va comprendre que l'estava esperant, va obrir amb espant els ulls endormiscats i es va aturar en sec. Subjectava els llibres contra el pit, com fan moltes noies, i a mesura que s'apropava, a poc a poc, em va semblar que els feia servir com a escut, per protegir-se de mi. Era una noia alta però fràgil, com de porcellana. Duia mal pentinats els cabells arrissats i rossos i semblava que s'hagués disfressat per protagonitzar un western.

Vaig fer un pas cap a ella i em va semblar que estava temptada d'esquivar-me, o de canviar de direcció, o d'arrencar a córrer. A l'últim moment, però, va fer un esforç suprem i em va mirar a la cara.

—Et volia anar a veure —es va excusar sense que jo hagués de preguntar-li res—, a tu o als teus pares, però no m'hi vaig atrevir.

Per tal de no haver de suportar la meva mirada inquieta, es dedicava a obrir la motxilla, en treia una carpeta i buscava alguna cosa entre folis i folis d'apunts.

—Què ens volies dir? —la vaig apressar.

Va ser aleshores que em vaig adonar que estava molt nerviós, gairebé diria que exaltat. No sé si em coneixeu aquest estat d'ànim, que m'agafa molt de tard en tard. Normalment sóc una persona tranquil·la i mesurada. En aquell cas, però, la implicació de la meva germana em sublevava. Potser deveu recordar la meva indignació quan parlava amb el pare de la Neus Mercadal, que vaig explicar a *Alfagann és Flanagan*, o la que vaig experimentar a Sant Pau del Port, després de veure'm a les portes de la mort a alta mar (*Flanagan de luxe*). Doncs davant de la Isabel, aquell matí em veia sacsejat per un tremolor ben semblant. Em van dir després que feia por, que semblava que estigués a punt de clavar un cop de puny al primer que se'm posés al davant.

—Que no em sents? Que què ens volies dir!

A la Isabel, atabalada, li van caure la carpeta i els folis per terra. A la mà només li va quedar un retall de diari. Em va dir «Això» i es va precipitar a recollir la paperassa.

El retall de diari deia:

«Membres d'una ONG roben 75 milions destinats a ajut humanitari.

»La víctima del robatori va ser el secretari general d'aquesta organització.»

Què volia dir, allò? Jo m'ofegava d'impaciència. La Pili no era membre de cap organització no governamental, ni tampoc no hauria robat mai ningú. I els ulls de la Isabel em miraven, indefensos, com dient «Jo no en tinc la culpa».

«Guadalajara, 8 d'abril. El delegat a Espanya de l'ONG internacional Organització de la Natura Global, Trevor Bishop, va denunciar el robatori amb violència del qual va ser objecte ahir a la matinada per part de dos membres de la seva mateixa organització. Bishop viatjava en el tren nocturn Barcelona-Madrid amb un maletí amb cinc-cents mil dòlars (uns setanta-cinc milions de pessetes), destinats a una campanya humanitària. Segons Bishop, el jove C. S. M., de vint anys, company de l'Organització, i una noia es van presentar a la cabina on dormia, el van agredir i li van prendre el maletí. Avisat l'interventor, i després d'una precipitada persecució en què van participar altres viatgers, els dos joves van saltar del tren en marxa, a la rodalia de Guadalajara, amb els diners.

»L'Organització de la Natura Global, amb seu a Ginebra, és coneguda pel caràcter radical que dóna al concepte d'*ajut humanitari*. Els seus dirigents mai no han refusat la confrontació amb el govern i les autoritats internacionals. Com es recordarà, entre d'altres incidents, l'any passat alguns dels seus membres van ser detinguts després de fer sabotatge al vaixell amb què el govern francès pretenia enviar deixalles de les centrals nuclears a un país del Tercer Món. També han denunciat repetidament els abusos de les forces d'intervenció de l'ONU.»

I, més avall, un comentari titulat «Més nosa que servei». Llegit en diagonal venia a dir que hi ha ONG que hi posen molt bona voluntat, però que de tant en tant els seus membres, arrossegats pels deliris salvadors del món, fan més nosa que servei.

Passaven més companys de classe i em saludaven. El Plasta, el Fede Rebollo, l'Antònia Sóller. Jo ni me'ls mirava. No podia estar per ells.

—Què vol dir, això?

—El Carles és el nòvio de la Pili. —I això volia dir que la «noia que l'acompanyava» era la Pili?!

—El Carles? I com ho saps? Aquí només hi diu «C. S. M.»...

—Carles Sistax Mateu —va dir la Isabel. Volia recuperar el retall de diari—. Sistax, amb ics. El nòvio de la Pili es diu Carles Sistax Mateu i pertany a aquesta ONG que diu el diari. I té vint anys.

—I què? —Jo em negava a creure-ho i mantenia el retall de diari fora del seu abast—. Pot ser una casualitat. El lladre pot ser un altre que es diu Celdoni Soley Matalascanyes i que no té res a veure amb la meva germana...!

—El Carles Sistax també ha desaparegut, Flanagan. Igual que la teva germana. N'hi ha un de la colla que viu a prop d'on viu ell i ens ha dit que la policia va anar a casa seva i va fer moltes preguntes...

Ara era jo qui no sabia on mirar. Se m'omplien els ulls de llàgrimes, però no de plor desconsolat, sinó de ràbia. Com s'acostuma a dir, ho estava veient tot vermell. La Isabel em va veure tan afligit que em va posar la mà a la galta i va dir:

—No t'amoïnis. Ningú no sabia que sortia amb la Pili, ni tan sols els pares del Carles. No poden haver dit res de la Pili...

Com si m'amoïnés gaire que la policia sospités de la Pili! Potser seria millor que en sospitessin: d'aquesta manera l'estarien buscant!

I, tot d'una, la Blanca, que arriba fins a nosaltres, sempre sobre els seus patins *on line*.

—Ei, Flanagan.

Me la vaig mirar contrariat. No podia estar per ella, tampoc. En aquells moments, només m'interessava la meva germana. On era la meva germana? Li vaig fer cinc cèntims del que passava: que la Pili havia desaparegut i el meu pare m'havia encarregat que la busqués.

—Et puc ajudar?

—Ara no, Blanca, perdona'm. Ja et diré alguna cosa, en tot cas.

—Està bé.

Es va allunyar, complaent, i per un moment em va semblar que em deixava sol davant del perill. Bé, sí, marxava perquè jo l'havia foragitat però potser m'hauria agradat que insistís una mica, que tingués una mirada de recel cap a la Isabel, que m'estava tocant la galta quan ella havia arribat. Em venien ganes de cridar «No te'n vagis!». De vegades, m'agradaria que la Blanca fos una mica més gelosa i no tan independent. Però potser era l'estat d'ànim en què em trobava en aquell moment, aquell desfici.

Vaig tornar al tema:

—Qui és aquest Carles? D'on surt?

—El va portar el Polifemo, aquest Nadal passat. És un xicot molt simpàtic; de seguida va simpatitzar amb la Pili. Ella li va demanar que anés a sopar a casa dels teus pares, fent-se passar per aquell nòvio fantasma que tu et vas inventar... I aleshores van començar a sortir...

—Qui és el Polifemo?

—És el que surt amb la Nito. Es diu Pol, però el Carles li deia Polifemo perquè fuma i sempre tanca un ull, així...

—La Nito? —No recordava que la meva germana tingués cap amiga que es digués així.

—L'Helena. El Carles li diu Helena Nito perquè és baixeta. I ja tothom li diu la Nito.

—Molt graciós, aquest Carles, eh?

—És molt simpàtic, sí.

Jo l'odiava.

—I volien anar a Venècia aquestes vacances, amb la Pili, oi?

—Però no hi van anar perquè va sorgir algun problema a l'ONG del Carles...

—Quina mena de problema?

—No ho sé. La Pili no m'ho va acabar d'explicar. Només em va dir que havia sorgit un problema. Em sembla que era alguna cosa relacionada amb Somàlia.

—Amb què?

—Somàlia. Un país de l'Àfrica.

Sí, vaig recordar que, durant un temps, Somàlia sortia molt als telenotícies.

—I què té a veure la Pili amb...?

—No ho sé! Només sé que van anar a l'agència de viatges de la plaça i van treure uns bitllets de tren.

—Cap a Madrid? —Es va arronsar d'espatlles, com si volgués dir «No ho sé», però li va sortir un «I cap a on vols, si no?». Em vaig decidir—: L'he de trobar. Tens una foto d'aquest Carles?

—Tinc una foto on surt ell...

La Isabel va treure una gran agenda de la motxilla. A l'interior, rere un plàstic transparent hi havia una fotografia on només es veia la Isabel abraçada a la cintura d'un noi molt ros pentinat amb tupè. Quan la va treure, vaig descobrir que era l'ampliació d'una foto de grup que la Isabel havia doblegat per excloure la resta de la colla i quedar-se soleta amb el seu estimat.

Tres nois i tres noies, alternats, somreien a la càmera. L'alt Polifemo, amb l'ull tancat pel fum de la cigarreta, tenia la mà sobre l'espatlla de la petita Helena. Al mig, la Isabel i el ros del tupè. I a l'extrem, la meva germana, la Pilastra, al costat d'un atleta que feia el pallasso.

El vaig reconèixer. L'havia vist aquella memorable vegada al menjador de casa. Alt, fort, ferm, de mirada sincera, de somriure encomanadís. Vaig pensar que no tenia aspecte d'atracador.

—Me la puc quedar?

Ho vaig preguntar de tal manera que la Isabel no em podia dir que no. I quan anava a guardar-me la foto a la butxaca, vaig veure que hi havia uns gargots de retolador al dors. Eren els noms de tota la colla. El Polifemo, l'Helena Nito, l'amiga Mesamiga (la Isabel), el Tintinoide (el ros del tupè; sí que tenia una retirada al Tintín!), la Pipilangstrom i el Carles Sis-Anys. (Vaig pensar: «Sis anys? Què vol dir, això?» I, de seguida: «Ah, és clar! Sis tacs! Sistax!»)

Em va agradar allò de Pipilangstrom. És el nom de la protagonista d'una sèrie de novel·les de l'escriptora Astrid Lindgren. També en van fer una sèrie de televisió que vèiem amb la Pili quan érem petits. Aquí es deia *Pipi Calzaslargas* i ens agradava molt perquè la protagonista era molt trapella i vivia sola amb un cavall i feia el que volia i era filla d'un pirata i a més a més tenia més força que quatre hèrcules junts. La sèrie també ens agradava molt perquè als grans no els agradava gens. M'estimo molt la Pili, ens avenim molt i m'agradava que algú li digués Pipilangstrom. No podia ser un atracador algú que deia Pipilangstrom a la Pili.

Em vaig posar la foto junt amb el retall de diari a la butxaca, de qualsevol manera. No duia motxilla ni res per desar-los.

—Gràcies —vaig dir a la Isabel—. Vés a classe, que arribes tard.

Mentre m'allunyava de l'institut, vaig fer un esforç per tranquil·litzar-me. No creia que la Pili fos una atracadora, però, en tot cas, m'estimava més imaginar-me-la lladre que segrestada, violada o esquarterada com se m'havia estat apareixent, en malsons, tota la nit.

I em vaig plantejar per on havia de començar.

2

L'ONG que es deia ONG

El primer pas era fer una visita a l'ONG del Carles Sistax. Vaig localitzar l'adreça a la guia telefònica d'un bar.

Organització de la Natura Global. Em vaig adonar que l'ONG s'havia buscat un nom les sigles del qual eren precisament ONG. Molt enginyosos.

—Digui? —una veu femenina, una mica bleda, massa infantil.

Amb qui volia parlar? Tenia el retall de diari a les mans i vaig llegir el nom de l'home que viatjava cap a Madrid amb els setanta-cinc milions.

—El senyor Bishop, sisplau.

—El senyor Trevor Bishop no hi és, ara.

És clar: devia ser a Madrid.

—Miri, truco perquè tinc informació d'allò del robatori del tren. Posi'm amb el director de tot això, o amb el cap de premsa, o amb qui sigui que hi estigui interessat.

Un silenci a l'altra banda del fil. Gairebé vaig poder sentir el «glups» de la pobra secretària aclaparada.

—De part de qui?

—Del germà de la noia que viatjava amb el Carles Sistax.

—Un moment.

Un moment, dos moments, tres moments. Quan em començaven a venir ganes de trencar coses de vidre, vaig sentir una altra veu femenina. Aquesta, més adulta, més vellutada, veu de dona fatal amb més autoritat i personalitat que l'anterior.

—Digui!

Li vaig repetir que era el germà de la nòvia del Sistax i que tenia interès a parlar amb algú de l'ONG. La dona de la veu vellutada també tenia molt interès a parlar amb mi.

—Ara estic sola, i he de marxar. Pots venir aquesta tarda, a les tres? Coneixes la nostra adreça? Pren-ne nota...

—No, no, ja sé on sou. —Constava a la guia—. Per qui demano?

—Per la Maricarme Valls. I tu, com et dius?

Si li deia el cognom, sabrien el cognom de la meva germana, de la qual, fins ara, semblava que no tenien cap notícia. Vaig considerar més prudent conservar el secret.

—Em diuen Flanagan —vaig endinyar, amb tota la barra.

—Com? —I vaig tallar la comunicació.

Impacient, incapaç d'estar-me sense fer res, em vaig ficar a la biblioteca del barri. Al meu barri, la paraula *biblioteca* no defineix una sala enorme amb taules de fusta noble i secretàries silencioses, concentrades en els seus ordinadors. Al meu barri, tenim una mena d'habitació amb prestatges d'aquells de «munti-se'ls vostè mateix» i taules de fòrmica i cadires de plàstic.

Buscava informació sobre Somàlia. No sabia ben bé de què em podria servir, però de moment era l'única manera d'acostar-me una mica a les que, segons la Isabel, havian estat les preocupacions de la Pili i el seu amic.

No hi havia cap llibre sobre Somàlia. Amb prou feines en vaig trobar un sobre l'Àfrica que li dedicava un capítol. I després de llegir-lo vaig arribar a la conclusió que la secció de la biblioteca que corresponia a aquell llibre no era la de geografia, sinó la de literatura de terror. Jutgeu-ho vosaltres mateixos.

Somàlia. Un país amb una superfície semblant a la de la península Ibèrica, situat a l'Àfrica Oriental, amb costa a l'Índic. Capital, Muqdiisho. Deu milions d'habitants, una renda per càpita anual amb la qual el meu pare no podria ni pagar la benzina de la seva furgoneta, i una mortalitat infantil més de vint vegades superior a la dels països occidentals. Colonitzada per diverses potències d'Europa, va obtenir la independència el 1960. Després d'un cop d'estat, i fins al 1991, van tenir un dictador anomenat Żiyad Barre. Quan va ser enderrocat, el país es va quedar sense govern i va començar una guerra civil. Però no una guerra civil d'aquelles de dos bàndols: Somàlia pot ser pobra en moltes coses, però de guerrers n'hi sobren. Quan va esclatar la guerra, allò va semblar una baralla de taverna on anaven tots contra tots: exèrcits d'estar per casa, faccions, senyors de la guerra, bandits armats i, sobretot, personatges que tenien una mica de cadascuna de les categories esmentades. L'autoanomenat president Ali Mahdi Mohammed, un tal general Aydid, un financer (l'Omar Jess), l'Ibrahim Egal, que havia declarat independent la regió de Somaliland al nord del país...

Llista interminable de noms i sigles entre els quals sovintejaven termes com *patriòtic* o *alliberament*. Tots armats fins a les dents, tots contra tots i campi qui pugui.

Aquella caòtica situació de guerra, combinada amb la manca d'aliments i les epidèmies inevitables, havia fet que, per exemple, en un parell d'anys morissin prop de tres-cents mil nens, i que un milió i mig de persones s'haguessin d'entaforar en campaments de refugiats, a Etiòpia. Finalment, van intervenir-hi els Estats Units i l'ONU. Aquella va ser l'època en què Somàlia sortia cada dia a la tele. Però l'operació «Tornar l'esperança» de les forces internacionals va acabar com el rosari de l'aurora, i els somalis es van tornar a quedar sols amb la seva tragèdia. La informació que donava el llibre s'acabava en aquest punt. La data d'edició era de feia uns anys. Què havia passat, després? Em va avergonyir adonar-me que no en tenia ni idea.

El terrible era que si fullejava altres capítols del llibre (Sudan, Zaire, Ruanda, Congo...), em trobava que les dades eren similars, o pitjors. I m'esgarrifava només de pensar què trobaria si fullejava els llibres referents a l'Àsia, l'Amèrica Central i del Sud...

Tot això, d'una banda, em va deprimir, i de l'altra, per motius egoistes, em va animar. Si la Pili estava preocupada per aquell problema, si coneixia aquelles dades, era totalment impossible que hagués robat els diners destinats, d'una manera o d'una altra, a aquella gent.

En tornar a casa, em va sorprendre que el pare no em preguntés res quan passava pel bar. Em va semblar, fins i tot, que feia veure que no s'adonava de la meva presència. Que estrany.

Quan passava per davant de l'habitació de la Pili, vaig veure alguna cosa estranya pel badall de la porta. La vaig obrir i vaig arrufar el nas. La cambra estava potes enlaire, regirada de dalt a baix.

Vaig tornar a la cuina, on la mare preparava entrepans amb pa amb tomàquet. La meva presència la va excitar moltíssim:

—Què ha passat? Què has esbrinat? On és la Pili?

—Tranquil·la, tranquil·la, encara no sé res!

—Encara no sap res, oh, Déu meu!

—Només he parlat amb una de les seves amigues...

—Només ha parlat amb una de les seves amigues, oh, Déu meu!

—Fes el favor de calmar-te, mama, sisplau!

—Estic calmada!

—No estàs calmada! Estàs sucant el tomàquet al pernil i has llençat el pa a les escombraries!

En comprovar que el que jo deia era veritat, va plorar una mica i allò la va calmar. Vaig aprofitar per preguntar-li, amb molt de compte, què havia passat a la cambra de la Pili.

—El teu pare, que ha estat investigant —em va informar, en el to que hauria fet servir per dir «ha estat fabricant explosius amb una cigarreta a la boca»—. Ha trobat una nota de la Pili sobre un tal Carles Ballester i...

—Carles Ballester? —vaig fer, sobresaltat.

—Sí, l'amic de la Pili.

—L'amic de la Pili...?

La mare em va fer un relat aproximat del que havia passat, relat que, més endavant, vaig poder completar amb altres fonts. Si fa no fa, la cosa va anar així:

Al matí, el pare s'havia llevat decidit a investigar, i havia començat escorcollant l'habitació de la Pili. Va fer algunes troballes interessants: un exemplar de *Mort a Venècia*, del Thomas Mann, amb passatges subratllats (quan va marxar, la Pili va dir que se n'anava a Venècia!), una nota en forma d'esquela que li havia enviat el Paco, amb ànim de fer-li xantatge moral («En el dia d'avui, ferida de mort la seva ànima per una mà insensible, ha expirat...»), i la més interessant de totes: el resguard d'una entrada per a un concert dels Pets, al darrere de la qual la meva germana havia apuntat amb retolador vermell: «Carles Ballester. Trucar. URGENT!!!» I un número de telèfon.

«Hum», va fer el pare, sagaç com un Poirot. Oi que la Pili havia dit que estava amb un tal Carles? I la data de l'entrada era de tres dies abans que la Pili marxés de casa! Només calia sumar dos més dos i el detectiu més idiota s'adonaria que... feien tres.

Sense perdre un segon, se'n va a anar al soterrani i va trobar la direcció corresponent a aquell telèfon, fent servir un CD-Rom de la Telefònica de la meva propietat. L'adreça era del barri. Me l'imagino aixecant una cella més que l'altra i dient al mirall: «Que en sóc, d'astut!»

Si el pare m'hagués esperat i m'ho hagués preguntat, hauria sabut que el Carles Ballester era el profe d'història de la Pili, i que la meva germana li va trucar abans de setmana santa perquè volia que li revisés un examen que havia suspès. Però el pare no tenia espera. I ja el tenim trucant a la porta del pis del Carles Ballester, disposat a trencar-li la cara i portar la Pili cap a casa agafada de l'orella.

El profe d'història no havia anat a l'institut perquè estava refredat. I, perquè estava refredat, va sortir a obrir remugant, en pijama, sense afaitar i amb un mocador enganxat al nas.

—Què vol? —va preguntar, de mal humor.

Al pare se li va encendre la sang. S'havia imaginat que la Pili estaria amb un noi de la seva edat, però aquell home tenia més de quaranta anys i, a més a més, era tan lleig que a l'institut li deien «l'Alien». Era la viva imatge d'un violador corruptor de menors, i en pijama a més a més! Així que el pare va fer una ganyota intimidatòria, copiada de les que havia vist als polis de la tele, i va entrar en matèria:

—Em dic Anguera. Coneix la meva filla, la Pili?

—La Pili? —El professor d'història va arrufar les celles i el nas, com si li fes fàstic aquell nom—. M'està parlant de la Pili Anguera?

—Sí, la Pili! —El pare feia copets de cap: o sigui, que la coneixia i ho reconeixia!—. La Pili Anguera!

El profe va sospirar, exasperat.

—Sí que la conec! És clar que la conec! Què passa! —En la seva vida professional, el Carles Ballester havia hagut d'aguantar les trucades o visites de molts pares que l'intentaven convèncer, amb súpliques o amenaces, o fins i tot suborns, que aprovés els seus fills suspesos. N'estava ben tip! La Pili havia suspès història perquè havia dit que el més important d'Egipte eren els morts per la seva gran cultura, i no estava disposat a aprovar-la—. Què vol? Que ve a plorar, ara?

—No, no vinc a plorar! —va esgargamellar-se el pare, disposat a arrossegar aquell penques a comissaria—: Vinc a trencar-te la cara, si cal! Què li has fet a la meva filla!

El senyor Ballester va fer un salt enrere i va agafar un gerro de flors com a arma defensiva. Les flors van anar per terra i l'aigua li va mullar els pantalons del pijama.

—El que li ha passat a la seva filla s'ho va buscar ella mateixa! Ella i ningú més que ella!

—Quèèè...?

—Es pensa que les faig per gust, aquestes coses? —es va encoratjar el professor—. La seva filla m'hi va obligar!

—Quèèè...?

—Va dir que els faraons eren sacerdots!

El pare va somriure i va fer, amb posat d'home de món:

—Ah... Els faraons, oi?

Començava a elaborar la teoria que el seductor de la seva filla era un boig. Mirava alternativament aquell rostre deformat pel refredat i la vesània, calculant com s'ho faria per desarmar-lo. I continuava, el cràpula, convençut que estaven parlant d'un examen d'història:

—Sí, senyor. I també va dir que els faraons eren eunucs i que no podien tenir relacions sexuals. Què volia que fes, després d'això?

Amb un esforç titànic, el pare va aconseguir aguantar-se les ganes d'esmicolar allà mateix aquell degenerat. De detectiu, passava a psicòleg; es pensava que, per fi, ho entenia tot, i calculava a l'engròs la talla de la camisa de força que necessitaria el guillat. Decidit a seguir-li el corrent per tal d'aconseguir una confessió, el pare va fer el que ell pensava que era un somriure còmplice i li va picar l'ullet.

—És clar, és clar... I vostè deu ser un faraó, oi? Com l'he d'anomenar? Ramsès, potser?

—Però què diu...?

—Marc Antoni? Cleopatra? —insistia el pare, a qui se li havia acabat, a la primera, el repertori de sobirans egipcis.

—Marc Antoni no era faraó! Ni tan sols era egipci! —es va indignar el professor—. És increïble! Per llogar-hi cadires! No m'estranya que a la seva filla li hagi passat el que li ha passat, amb un pare així! I deixi'm en pau d'una vegada! Ara ja no hi ha remei!

—Que no hi ha remei? Que no hi ha remei? Què vol dir que no hi ha remei? —va udolar el pare, pensant en embarassos, o en casaments secrets o en coses pitjors.

En aquell moment, va aparèixer la senyora Ballester amb la cara empastifada amb una crema vermella que es posava per combatre les berrugues, i aquella espantosa aparició va precipitar els esdeveniments.

—Però què fas? —li va dir al marit, i de seguida es va fixar en el mullader de terra—. Mira què has fet!

Allò va distreure l'atenció del professor d'història i va donar al pare l'oportunitat d'encaixar-li un bon cop de puny. El gerro es va fer miques, la dona va xisclar i es va interposar entre el pare i el professor, que s'esbroncaven a distància. Que si ara mateix vas a comissaria, que si ara mateix on vostè vulgui, que si on és la meva filla, que a la seva filla no li penso donar cap punt més, que si a tu te'ls donaran, els punts, al clínic!

I la dona:

—On és la filla d'aquest senyor?

I el pare:

—Què vol dir que li han donat punts? Que ha pres mal, la nena?

Els veïns del replà, alertats per la cridòria, van sortir dels seus pisos i van reduir el pare. Van seguir explicacions llargues i feixuges.

I ara el pare s'estava al taulell, servint cafès i escoltant-se els acudits dels parroquians amb cara d'assassí professional.

Em vaig haver d'aguantar el riure, com comprendreu. La situació era molt delicada.

—Has esbrinat alguna cosa de la Pili? —em va preguntar la mare mentre l'ajudava a fer entrepans de pa amb tomàquet.

—No, però aquesta tarda he de fer una gestió i segur que quan torni tindré alguna pista. —En aquell moment, passava el pare a buscar alguna cosa al magatzem—. Li deia a la mama que aquesta tarda...

—M'és ben igual el que hagis fet aquesta tarda! —em va engegar. Pobre pare. Vivíem hores d'angoixa, a casa.

Passades les dues, vaig agafar el metro i em vaig traslladar directament al passeig de Gràcia, aquest bulevard de luxe curull de japonesos que admiren els fanals, els bancs i les cases modernistes del Gaudí, del Domènech i Montaner o del Puig i Cadafalch. La seu de l'ONG era al principal d'una d'aquestes cases tan admirades, amb un vestíbul majestuós on probablement a principis de segle guardaven els carruatges de cavalls, i amb un ascensor antic i artístic, peça de museu que amb tota seguretat violava totes les normes de seguretat. Afortunadament, per arribar a l'entresòl no calia fer servir aquell aparell antediluvià. Una escalinata de marbre pujava directament a la porta decorada amb filigranes de les que ja no se'n fan. I a la porta, dues plaques de llautó. La de dalt, més antiga i deslluïda, anunciava «Trevor Bishop, advocats». L'altra, nova i llampant, deia «Organització de la Natura Global».

Va obrir la porta una noia més baixeta que jo, amb uns ulls esverats i una boqueta frunzida que em van fer pensar en la secretària infantiloide que havia contestat al telèfon.

—Sóc en Flanagan —vaig anunciar.

Ja estava avisada. Als seus ulls va aparèixer un llampec, com si digués «Oh, sí, és veritat, és ell, existeix!», i va fer un pas enrere i un gest amb la mà. Per si no quedaven prou clares les seves intencions, va xisclar, amb èmfasi, «Passi, passi!», així, dient-me de vostè.

Em va precedir per un corredor molt llarg i molt estret. A la dreta, finestrals amb vitralls que, ferits pel sol, mostraven uns colors esplèndids. A l'esquerra, dues portes s'obrien a una única sala, molt gran, plena de joves absorts en la contemplació de pantalles d'ordinador. Pertot arreu es veien fotografies de nens negres famèlics. Ulls de desesperació a una edat en què és un crim que algú conegui la desesperació. Al fons del corredor, una porta de doble fulla i ciclòpia s'obria a un despatx tan gran que estava dividit en tres àrees. La de l'escriptori i un parell de butaques com per rebre visites; la del tresillo i la tauleta de cafè per xerrar tranquil·lament i distesos, i la de la taula llarga i cadires per a reunions de més de deu persones. Les tres zones es podien aïllar les unes de les altres mitjançant portes corredisses. Pertot hi havia mostres d'artesania africana: màscares, atzagaies i escuts, tapissos i catifes i, en prestatges molt de disseny, tot de figuretes i atuells de ceràmica.

Els dos homes que hi havia a la sala estaven drets i d'esquena. Un es recolzava a la taula i mirava per la finestra, i l'altre, molt alt i amb el pèl molt negre, parlava per telèfon.

—...no ho sé. Ha de venir. No crec que en traguem res, però, per provar... —Es va tombar, i en veure'm li va entrar pressa per acabar—. Acaba d'arribar. He de tallar. Et truco d'aquí a mitja hora, Trevor.

Va penjar. Tenia un ble de cabell blanc al mig d'aquella cabellera tan negra. He sentit dir que de vegades això passa per culpa d'un esglai. En tot cas, no semblava una persona fàcil d'espantar. Tenia la mirada decidida, un tòrax poderós, la pell molt morena, i anava disfressat d'aventurer de cap a peus. Botes de muntanya, texans i una armilla caqui amb moltes butxaques. Tot, d'una marca consagrada a cuidar la imatge dels exploradors més intrèpids.

—Avisa la Maica —li va dir a la secretària.

La noia que m'havia obert la porta va sortir corrents del despatx.

Jo no sabia quin dels dos homes mirar ni on acomodar-me, i em vaig quedar palplantat davant de la porta. Ells, evidentment, s'havien quedat sorpresos en veure la meva edat i la meva alçada.

El segon home era més gran. Potser algun dia havia estat també un enèrgic home d'acció, però d'això, ja en feia molts anys. S'havia engreixat massa, i vaig tenir la sensació que no feia gaire temps que s'havia rendit. Els músculs se li havien afluixat, se li havia ensorrat el pit, se li havia encorbat l'esquena i se li havien posat ulls de vaca resignada a l'escorxador. Lluïa bigoti de morsa, anava en mànigues de camisa, duia la corbata fluixa i tenia un got de whisky a la mà.

—Et dius Flanagan? —va preguntar, incrèdul—. De debò?

No pensava dir-li el meu nom autèntic.

—Diguem que sí, que em dic Flanagan. I vostè és...?

—Gerard Rey.

L'home gras va cabotejar com si li sabés greu ser el Gerard Rey. Em vaig tombar cap a l'Aventurer.

—I vostè com es diu?

—Què és el que ens vols dir, noi? —em va tornar ell, brusc—. Estem enfeinats per jugar a les endevinalles. Digues el que vulguis dir i fot el camp.

—No siguis groller, Roc! —ens va sobtar la irrupció d'una dona que, així, d'entrada, em va semblar una bellesa espectacular. Se'm va plantar al davant, em va estrènyer la mà amb fermesa i va dir—: No li facis cas, és un misantrop. Jo sóc la Maricarme Valls. Em pots dir Maica.

En tenir-la a prop, li vaig descobrir arrugues al costat dels ulls, i resultava que era una mica cavallot, quadrada d'espatlles i massa ampla de malucs, prou gran per ser la meva mare. La sensació de bellesa i la joventut li brollaven dels ulls i del somriure, que semblaven disposats a rebre en tot moment la sorpresa més meravellosa. Em va semblar que feia anys que estava desitjant conèixer algú com jo i que en ella tindria una aliada incondicional que em defensaria de qualsevol adversitat.

—...Ell és el doctor Roc Alano, cap de premsa —es referia a l'Aventurer, de cabells negres i ble de color blanc, que em mirava amb hostilitat—. El Gerard Rey és el tresorer i l'administrador de l'ONG. —L'home gras va aixecar el got i va brindar a la meva salut—. Jo m'encarrego dels contactes amb l'exterior. I tu no et dius Flanagan. Podem saber a què ve tant de misteri?

A veure com els ho deia.

—La meva germana ha desaparegut, igual que el Carles Sistax —vaig començar—. Van desaparèixer tots dos el mateix dia. La vull trobar i per això vull que m'expliquin què va passar, per on puc començar a buscar.

—Però la teva germana qui és? —va dir el Roc Alano—. Com es diu? Com et dius, tu? Comprèn que no podem explicar-li res al primer que ve amb qualsevol història...

—Vinga, va! —vaig protestar amb energia—. Sé que el noi que va robar els diners es diu Carles Sistax, oi que sí? Això no ho deien els diaris! I em comprometo personalment dient que potser la meva germana és una lladre, no els sembla? El que passa és que no és una lladre, ho sé segur! Deu haver passat una cosa que ara no entenem, i per entendre-la sóc ara aquí. Per ajudar-los i perquè m'ajudin!

Abans que no es formés un silenci feixuc, la Maica em va posar la mà a l'espatlla i va parlar abaixant el to.

—Està bé. Ajuda'ns i t'ajudarem. Com et sembla que ens pots ajudar?

Em convidava a seure, però jo no volia trobar-me enfonsat en una butaca mentre tots els altres romanien drets.

—D'entrada, deixant clar que la meva germana no és una atracadora —vaig dir, conscient dels batecs del meu cor—. Després, si m'expliquen com va anar tot, tractant de comprendre per què va fer el que va fer, si és que ho va fer. I, finalment, recorrent a les seves amistats i a la seva agenda per veure on es pot haver amagat, si és que està amagada.

Allò de l'agenda i de les amistats els va interessar. El Gerard Rey va mirar l'Aventurer i l'Aventurer va mirar el Gerard. Com qui diu: «Ep! Una agenda!» Vaig continuar.

—Però tot passa perquè vostès, primer, m'expliquin com va anar la cosa. Com és que el senyor Bishop duia setanta-cinc milions de pessetes en un maletí al tren? Per què no van fer una transferència bancària? I com és que el Carles els hi va poder robar? —No sé si algú volia respondre. Jo vaig fer com si no volgués que es precipitessin—: Deixin-m'ho endevinar. Suposo que el Carles era de tota confiança, no? Per això va poder sorprendre el senyor Bishop.

Bingo. La Maica va assentir amb el cap.

—Sí, és veritat —va dir. I, dolguda—: Mai no podríem haver sospitat que el Carles fes una cosa així.

—Aleshores, preguntem-nos per què ho va fer. Però primer he de saber de què va tota la història.

Estaven prou convençuts. El Gerard Rey es va deixar caure a la butaca, molt cansat, i, mirant-se fixament el got de whisky, va remugar:

—Tot és una campanya per desacreditar les ONG. Les ONG en general i la nostra en particular.

—Gerard... —el va renyar l'Aventurer. «Això no es diu.»

—Una campanya de qui? —vaig preguntar ràpidament.

—Del govern —va respondre el Gerard, com si no es pogués imaginar cap altre enemic—. Ens la tenen jurada i ens volen desacreditar! Ens volen fer passar per imbècils que es deixen prendre els donatius de tanta i tanta gent de bona fe.

—Gerard, sisplau. —Ara era la Maica qui el feia callar. I abans que jo pogués continuar interrogant el tresorer—: Mira com han anat les coses. Hi ha un brot de còlera a Somàlia. N'has sentit parlar, de Somàlia, oi? —Hi havia una ironia amarga en la pregunta—. Te'n recordes, de Somàlia? Suposo que no, perquè tothom se n'ha oblidat, ja.

—Me'n recordo —vaig dir. I vaig recitar la lliçó que m'havia après a la biblioteca, amb la qual cosa els vaig sorprendre a tots—: Hi ha una guerra civil. El general Aydid, l'Omar Jess, l'Ibrahim Egal, l'Ali Mahdi...

Vaig captar una mirada ràpida entre l'Aventurer i el Gerard Rey, com si el fet que estigués informat em fes sospitós d'alguna cosa.

—I molts més —va dir el Gerard Rey—. Fa poc, en un intent de conferència de pau, a Sodere, s'hi van presentar els caps de vint-i-sis bàndols..., i encara en faltaven. L'any 92, l'any 93, tothom parlava de Somàlia. No es parlava de res més. Sortien a la tele tots els nens famèlics, tots els refugiats maltractats i mutilats, les crueltats i el despotisme dels senyors de la guerra... Però un bon dia Somàlia va passar de moda. Van anar-hi els americans, van organitzar un mena de desembarcament espectacle per al *prime time* de totes les teles del món. Després, van anar-hi els cascos blaus de l'ONU, ho van acabar d'emmerdar tot i, apa, ja hem quedat com uns senyors, ja ens en podem oblidar, de Somàlia. Ara s'ha posat de moda Ruanda, i després de Ruanda, el Zaire, i després, el Congo, i després... Somàlia, vés a saber què passa a Somàlia, ara. Doncs a Somàlia passa el mateix que hi passava, noi.

L'Aventurer hi va ficar cullerada, amb el mateix to sarcàstic.

—És a dir: guerra civil, fam per a la majoria i uns bandits que segresten els ajuts humanitaris i en demanen rescat.

—Això és exactament el que ha passat —va prendre la paraula el Gerard Rey—. Fa un parell de setmanes, es va declarar una epidèmia de còlera al nord del país, en una missió catòlica. Havíem d'actuar ràpidament, per evitar que s'estengués, i la nostra ONG va resoldre el problema en poc temps.

—La nostra ONG —va dir la Maica— es va posar en contacte amb una indústria química suïssa, la Chemical Chem, i va adquirir antibiòtics i material de rehidratació per valor d'uns cent cinquanta milions de pessetes...

—Un milió de dòlars —l'Aventurer.

—No et pensis que els vam pagar bitllo-bitllo —va intervenir el Gerard, com si l'ofengués que algú pogués pensar que eren molt rics—. No som una gran ONG. Això només vol dir que ens hem endeutat fins al coll i que ens passarem no sé quants anys pagant el deute a la Chemical Chem.

—Es van portar bé amb nosaltres, Gerard, van ser els únics que ens van voler vendre els medicaments... —va intercedir la Maica—. En qüestió d'una setmana, ja enviaven el carregament d'antibiòtics cap a Somàlia.

—A l'aeroport de Muqdiisho, però —continuava el Roc Alano—, que és l'únic aeroport internacional que hi ha, hi havia enfrontaments armats entre dos grups. De manera que el pilot va decidir dirigir-se a un petit aeroport de campanya, construït per l'ONU el 93, que és a prop d'un poble anomenat Bareen, gairebé a tocar del focus del còlera.

—La desgràcia va ser —va dir la Maricarme— que l'aeroport de campanya estava ocupat per un senyor de la guerra...

—Un bandit amb el qual no comptàvem.

—El Tony Hassan —va dir el Gerard, des de lluny.

—I aquest ha segrestat tots els medicaments i ens demana cinc-cents mil dòlars per deixar anar el comboi de medicaments cap a la zona de l'epidèmia.

—De tot això, fins ara, se n'havia parlat a Ginebra, però allà és territori dels grans caps somalis, i el Tony Hassan, que és un pocapena, no vol anar al seu terreny. Per algun motiu va decidir que la transacció dels diners es fes a Madrid...

—I l'Organització de la Natura Global es va recordar que existim —va dir el Gerard Rey, dolgut per la manera com el tractaven—, i ens va encarregar que féssim el lliurament dels diners del rescat. No sé d'on han sortit aquests setanta-cinc milions, però el cas és que els vam tenir aquí així que els vam demanar.

—I aleshores el Trevor els va portar personalment —va dir l'Aventurer, com una recriminació.

—Ens havíem de trobar amb els homes del Tony Hassan a Madrid, a l'hotel Palace —va reprendre el relat la Maricarme—. Tot havia de ser molt senzill: els donàvem els diners, ells feien una trucada i el comboi de medicines podia sortir cap a la zona afectada per l'epidèmia.

—Però no va poder ser —va rondinar el Gerard.

—El Carles s'hi va posar pel mig i ho va esguerrar tot —va fer l'Aventurer, rancuniós—. El Carles i la teva germana.

—I el pitjor és que es va saber —va dir el Gerard, revifant-se de sobte—. Ha sortit a la premsa i de seguida ho aprofiten per desacreditar les ONG.

—La premsa? —em vaig sorprendre.

—Els governs. —Aquell era el tema preferit del Gerard Rey. Tant, que es va eixorivir i es va posar dret i fins i tot em va mirar als ulls—. Per a ells, les ONG estan molt bé mentre no emprenyen, comprens? Mentre es preocupen de les balenes o de la supervivència dels voltors o dels óssos del Pirineu. Quan parlem de residus radioactius, però, de seguida es mosquegen. O quan ens fiquem amb la indústria de l'armament. D'ençà que estem fent la campanya contra la fabricació de mines personals... N'hi ha més de cent deu milions, de mines personals escampades pel món...

—Saps quines són, oi? —em va preguntar la Maica—. Aquestes que tenen forma d'objectes quotidians, que estan pensades per matar o mutilar només una persona...

Sí que n'havia sentit parlar. Se m'encongia el cor.

—Mutilar. Millor, mutilar —afegia el Gerard Rey, implacable—. Diuen que a la guerra un home mutilat fa més mal que un home mort.

—O un nen mutilat —atacava la Maica per una altra banda. No sé per què, però començava a sentir-me acorralat—. Hi ha mines que tenen forma de joguines, ho sabies? Mines pensades expressament per mutilar nens! I quan s'acaba la guerra, les deixen allà, perquè surt massa car desactivar-les! —Vaig fer un gest amb la mà que volia dir «Ja ho sé, no cal que hi insisteixis!»—. Doncs bé, d'ençà que ens mobilitzem per fer que no en fabriquin més, d'aquestes mines, un munt d'ONG han caigut en desgràcia, saps? I tot és desprestigi, ja. «Fan més nosa que servei», diuen. I de seguida es recorden que un dia vam enviar llet en pols a indrets on no hi havia aigua...

—Les Nacions Unides —va recuperar la paraula el Gerard, que alliberava la indignació— van fer gestions perquè cap de les multinacionals més importants no ens vengués els antibiòtics! Es van oposar a la tramesa fins a l'últim moment!

—Però per què? —vaig preguntar jo. Això sí que no ho entenia. Quin mal hi podia haver a ajudar a aturar una epidèmia?

—Perquè es veu que ells són els únics que saben com s'han de fer, aquestes coses —va dir, amb una rialla entre deprimida i sarcàstica. I em va allargar una mena de dossier que va treure d'un calaix. A dins, hi havia fotos: cascos blaus de l'ONU torturaven un somali nu, una noia somali lligada a un tanc i envoltada d'altres soldats de l'ONU que vés a saber què pensaven fer-li... Vaig tancar la carpeta de cop i em vaig negar a seguir mirant allò, tot i que el Gerard Rey no callava—: Mira, mira. Què et sembla? Oi que en saben, de fer les coses?

—De tota manera, van aconseguir comprar i enviar les medicines —vaig dir jo, més que res perquè aquell home semblava necessitat que algú l'animés una mica—. Els van vendre les medicines i...

El Gerard Rey negava amb el cap, fermament decidit a impedir que ningú no l'animés.

—Encara que siguis molt jove, no cal que et creguis els contes de fades. L'única raó per la qual la Chemical Chem es va avenir a col·laborar és perquè és una empresa relativament petita que està passant per moments difícils i necessitava vendre com fos. Si no, no hauríem pogut fer res.

—El cas és que així estan les coses. —La Maica va resumir-ho—: Els homes del Tony Hassan s'estan impacientant al Palace de Madrid, l'epidèmia de còlera continua fent de les seves i nosaltres hem quedat en ridícul davant de la central de Ginebra. I tot per culpa de la teva germana i el seu nòvio.

—Per una vegada que ens encarreguen una missió important... —es queixava el Gerard, deprimit.

—Permetin-me que faci una suposició —vaig dir, reflexiu—. Amb tots aquests enemics que tenen... que si el govern, que si les Nacions Unides... no podria ser que algú de vostès fos un traïdor? No, no s'enfadin. ¿Pot ser que el Carles Sistax no es refiés del Trevor Bishop i li prengués els diners per lliurar-los personalment? —Es miraven, però no tan escandalitzats com jo em temia—. Això ho explicaria tot. La meva germana sí que es ficaria en una acció d'aquesta mena.

No deien que no. Era evident que ja hi havien pensat, ells.

La Maica va estossegar per aclarir-se la gargamella i va fer un gest de «calma, calma», com si es temés que els seus col·legues m'agredissin.

—Bé, és veritat que el Carles estava obsessionat amb la història del talp, no?

—Si hi ha un talp, aquest és el Carles Sistax! —va cridar el Gerard, intemperant—. Ell és el traïdor, el lladre, l'espia del govern que ens impedeix complir la missió i ens desacredita!

—Un moment, Gerard —el va fer callar la Maica—. Potser sí que tens raó. Però és veritat que era el Carles qui estava entestat que entre nosaltres hi havia un talp per tota aquella història del fax... Ell era l'únic que deia que hi havia un traïdor entre nosaltres...

—Bah! S'estava preparant el terreny! —va dir amb menyspreu el tresorer.

I jo: «Un fax?»

—I el Trevor s'ho va creure —insistia la Maica—. Per això es va entestar a portar ell, personalment, els diners al Palace de Madrid. —Em va aclarir—: El Trevor és el secretari general de l'ONG a Espanya i va imposar la seva voluntat. —I es va refermar, de cara als altres dos—: I jo també me'l vaig creure, el Carles.

—¿I és possible que el Carles sospités del Trevor Bishop? —vaig dir.

—Darrerament, el Carles sospitava de tothom. És el que els passa als paranoics —va fer l'Aventurer.

—Tothom, vol dir qualsevol de nosaltres quatre —va aclarir la Maricarme—. El Trevor Bishop, el Roc Alano, el Gerard i jo.

Jo ja me'ls mirava acusador. Ja m'estava preguntant quin dels tres em semblava més sospitós.

—I vostès? Podrien sospitar els uns dels altres?

—És ridícul! —va protestar el Gerard Rey, indignat—. L'únic traïdor és el Carles Sistax i s'ha sortit amb la seva! Si hagués robat els diners per entregar-los personalment, ja els hauria entregat, no et sembla?! Per què no ho ha fet? S'ha sortit amb la seva i ara ja no hi ha res a fer!

Vaig fer un pas enrere. Havia pres una determinació.

—Està bé —vaig dir—. Moltes gràcies.

Ja estirava la mà cap a la porta.

—Ei, on vas? —va exclamar el tresorer.

Vaig posar la mà sobre el pom artístic de la porta artística.

—A Madrid. Amb el mateix tren que van agafar la meva germana i el Carles. Si és cert que van agafar aquells diners, estic segur que era per lliurar-los als homes del Tony Hassan. Si tenen els diners, tard o d'hora arribaran a Madrid per complir la seva missió. Quan arribin al Palace, jo seré allà esperant-los.

I ja anava a obrir la porta quan l'Aventurer va fer un salt cap a mi i m'ho va impedir.

—Un moment, noi, un moment! —De sobte, em semblava gegantí, capaç de trencar-me un braç si m'hi resistia—. Que nosaltres hem parlat molt i tu no ens has dit ni el teu nom! M'agraden molt les teves teories, però deixa'm que ara t'expliqui la meva! Potser ja saps on són la teva germana i el Carles Sistax i els diners, i ara només has vingut a fer-nos parlar, a veure com van les investigacions...!

Vaig il·luminar el rostre, com si em fes molta il·lusió sentir aquelles paraules.

—Oh, fantàstic! De debò es pensa que sóc *tan intel·ligent*?

Es va posar vermell com un pebrot escalivat. I jo somreia.

—Va, deixa'l estar —va dir la Maricarme.

—Que ens digui com es diu! —es va resistir l'Aventurer—. Com a mínim, que ens digui com es diu ell i com es diu la seva germana!

I, tot d'una, em va agafar pel braç i me'l va retorçar de tal manera que em va quedar situat a l'esquena. No li va costar gens agafar-me la cartera de la butxaca del darrere dels texans.

—Ei, esperi! Doni'm això!

—Roc, deixa'l anar! —va xisclar la Maricarme, esverada.

Ell, però, ja estava llegint el meu document d'identitat.

—Joan Anguera. Pren nota, Gerard! Joan Anguera Cañabate. I viu a... —va dictar l'adreça del bar dels meus pares, i el Gerard Rey va escriure les dades en una targeta. Després, l'Aventurer em va deixar anar, em va allunyar amb una empenta i em va tornar la cartera llançant-me-la enlaire. La vaig entomar. Em va amenaçar—: Ara ja et tenim controlat, noi.

Em vaig sentir humiliat i vaig reaccionar amb ràbia:

—Per què no proven de torturar-me més? Vinga! Agafi les fotos aquelles com a model, que se n'està morint de ganes! Potser sí que sé moltes més coses de les que s'imaginen!

Em vaig adonar que no ho hauria d'haver dit. Si el traïdor no era l'absent Trevor Bishop, per força havia de ser un d'ells. Havia parlat massa. Tampoc no havia d'haver anunciat el meu viatge a Madrid. Però ja estava fet. Vaig dirigir una última llambregada de comiat a la Maica i vaig obrir la porta, ara sí, sense que ningú m'ho impedís.

Mentre recorria el passadís, les gambades se'm feien més llargues i el cor em bategava amb més velocitat i força. Ara ja sabia segur que la Pili no era una lladre, ara ja sabia que no era un cas de segrest i esquarteraments. Però també sabia que era el cas més gran amb què em podria haver trobat. Parlàvem de gairebé cent milions de pessetes, parlàvem d'enfrontar-nos al govern, a l'ONU, a senyors de la guerra de Somàlia. Parlàvem de mines inventades per mutilar nens, i de medicines que havien d'arribar tan aviat com fos possible a un racó del món on hi havia gent morint del còlera.

I vaig sortir al passeig de Gràcia amb la sensació que duia uns ulls clavats a l'esquena, els ulls d'un traïdor a qui no li feia cap gràcia que jo m'immiscís en els seus assumptes, un traïdor que potser treballava per a la CIA, o per al CESID, o vés a saber per a quin servei secret. Espies com els de les pel·lis, amb els seus procediments dràstics i la renovació anual de les seves llicències per matar en regla. I per més que m'esforçava per imaginar-me a mi mateix com un indestructible Flanagan 007, no podia evitar un cert pessigolleig a l'estómac.

Quina por!

3

Pèl-roja i bruna

A l'agència de viatges em coneixien, i no van tenir cap inconvenient a consultar la reserva que havia fet dies abans la meva germana. Havia anat a Madrid, efectivament. Però no amb el Talgo, com havia imaginat jo, sinó amb un tren normal, que sortia a les deu i cinc de la nit. Vaig demanar un bitllet per al tren de la mateixa hora.

—Cabina, llitera o seient?

Informat dels preus de la cabina i de la llitera, vaig decidir que el seient era prou còmode per a mi. I allò em va recordar que necessitaria diners.

Vaig retardar tant com vaig poder la tornada a casa, perquè no sabia què dir als meus pares. Quan vaig arribar al bar, la mare em va mirar amb ulls esbatanats, com si em volgués hipnotitzar. Tot seguint-me amb la vista, va buidar una ampolla de vermut sobre el taulell i la mà d'un client.

Va aparèixer al meu dormitori quan jo ja havia començat a omplir de roba la motxilla.

—Què ha passat? Què has sabut? Què t'han dit? On és la Pili?

I jo:

—Mama, pren-te alguna cosa.
—Però què fas? On vas?
—A Madrid.
—A Madrid? A què fer?
—Vaig a buscar la Pili.
—És a Madrid?
—Sí.
—Què hi fa, a Madrid?
Per la manera com parlava, qualsevol diria que a Madrid havia esclatat la guerra.
—No passa res! Està bé! Ara no t'ho puc explicar, però m'has de creure. —Em vaig tombar cap a ella. Alguna cosa li havia de dir—: La Pili està perfectament. No ha marxat de casa ni l'han segrestat ni res d'això. —Els ulls de la mare s'estranyaven, més que no pas s'alegraven. Deien «Ah, no? Doncs quina altra cosa pot haver passat?». No vaig haver de mentir gaire—: Està complint una missió secreta.
—Però què dius! Què vol dir una missió secreta?
—Quan ho puguis saber, tu i el pare estareu molt orgullosos de la vostra filla...
—Què? —deia, incrèdula.
—Les vides de milers de nens, dones i vells negres, d'un país molt llunyà, famèlics i malalts, víctimes del còlera, depenen de la Pili.
—Però què estàs dient? —Ja em prenia per boig.
—M'has de creure. Treballa per a una ONG...
—Una què?
—Una organització no governamental...
—Aquests bojos que es pengen dels vaixells baleners, o que barren el pas als trens que transporten escombra-

ries atòmiques...? —Es desesperava—. Però què hem fet malament? En què ens hem equivocat? No n'hi havia prou amb un fill detectiu, ara ens ha de sortir una filla salvadora de la humanitat! I que se'n va a Madrid, a més a més! Què se li ha perdut, a Madrid?

—Mama! Fes el favor de raonar! Madrid és una ciutat com qualsevol altra! Una ciutat civilitzada, amb gent civilitzada! Que no n'has sentit parlar mai, de Madrid?

Era veritat que la mare estava una mica massa atabalada.

—I aleshores, tots aquells negres...?

—Estan en un país africà, mama, i estan esperant que arribi un comboi de medicaments...

—I els ha de portar la Pili, els medicaments? Ara ha d'anar a l'Àfrica, la Pili?

—Que no, mama, no et posis histèrica.

—Has d'anar-hi tu, a l'Àfrica?

—Que no! Aniré a Madrid, trobaré la Pili i la portaré cap aquí...

—I qui portarà les medicines als pobres negres?

Em van venir ganes de trucar als bombers i demanar socors. Vaig decidir que s'imposava un canvi radical de tema, abans no em tornés boig.

—On és el pare?

—Ha sortit —va dir la mare. I, una mica aprensiva—: No m'ha dit on anava.

¿Potser havia decidit seguir «investigant» pel seu compte? No em semblava probable. Després de la planxa amb el profe d'història havia d'haver quedat escarmentat.

Vaig agafar la motxilla i em vaig dirigir cap a l'habitació de la Pili.

—On vas?

—A buscar l'agenda de la Pili.

—Que on vas, amb la motxilla?

—A Madrid, ja t'ho he dit. —L'agenda de la Pili era sobre el llit. Me la vaig ficar a la motxilla i vaig sortir al passadís—. Ah, i necessito diners.

—Per què?

—Per anar a Madrid, ja t'ho he dit! Dóna'm la targeta de crèdit i el número secret. Ja els aniré traient jo mateix, a mesura que els vagi necessitant.

—Tu t'has begut l'enteniment, Joan!

—Que se m'escapa el tren, mare!

—Si et dono la targeta, el pare ens mata! Mira, si vols diners en tinc uns quants d'estalviats...

—Seria millor la targeta, però, bé, si no hi ha cap altre remei...

La mare es va ficar a la seva habitació, atabalada, i va tornar amb uns quants bitllets.

—Això és tot? —em vaig esverar—. Però tu què et penses? Que Madrid és una ciutat tropical? Que s'hi pot dormir al ras i s'hi menja fruita collida dels arbres?

—No tinc res més. Quan arribi el pare...

No em convenia esperar que tornés el pare. Vaig agafar els bitllets i els vaig afegir als meus estalvis. Tot plegat, poca cosa, però suficient per passar tres o quatre dies a la capital.

—I què li dic al teu pare?

—El que t'he explicat. —N'hi vaig fer un resum—: Somàlia. Madrid. Els negres. L'ONG.

—Però, Joan, fill...

Jo ja era al bar. N'hauria tingut prou amb cinc segons per sortir, però em vaig quedar parat en veure qui m'estava esperant allà mateix, al mig del local. La Maricarme «Em pots dir Maica» Valls. Duia una elegant bossa de viatge, una gavardina plegada al braç i unes claus de cotxe a la mà lliure.

—Flanagan. Volia parlar amb tu sense que ens sentissin aquells dos...

—Ho sento, me'n vaig de viatge. A Madrid.

Sentia la mirada aprensiva de la mare clavada al clatell. El James Bond vigilat per la marona. «Apa, vine, fes-me un petonet abans de sortir a salvar el món. I de nit, posa't el jersei, que refresca.»

—Precisament. Jo també hi vaig. T'he vingut a buscar per dur-te a l'estació. Et podré ajudar. Puc parlar amb els homes del Hassan en nom de l'ONG. Puc presentar-te el Trevor Bishop, que està allà al Palace.

Si alguna cosa no em venia de gust, era viatjar amb la Maica. Però havia de treure-la d'allà com fos. No podia deixar-la sola amb la mare, perquè es posessin a fer petar la xerrada. En flagrant excés de confiança, li vaig agafar la mà, i ja l'estava arrossegant cap al carrer quan el xisclet de la mare ens va convertir en centre d'atenció de tots els clients del bar.

—Però Joan! Que és que penses marxar sense fer-me un petó? —Em vaig sotmetre al tràmit del petó. I la mare xiuxiuejant—: Hauries d'esperar que torni el teu pare. Qui és aquesta dona?

—No pot ser, mare. —Vaig agafar pel bracet aquella senyora que podria ser la meva mare—. Anem.

—Joan, vine aquí!

Ja érem al carrer. Uns metres més enllà, aparcat sobre la vorera hi havia un Ford Ka vermell amb els intermitents posats. La Maica va carregar la seva bossa de viatge en un maleter petit, on no quedava lloc per a la meva motxilla. La vaig deixar al seient del darrere. Anava mirant al voltant, temorós que no sortís a seguir-nos la mare, o que el pare no tornés del seu misteriós encàrrec.

Només quan vam arrencar i ens vam incorporar a l'atapeït trànsit de mitja tarda, em vaig poder relaxar.

—Què era el que em volia dir?

—Estic segura que tenim un talp a l'Organització. Jo estava d'acord amb el que deia el Carles i estic d'acord amb la teva teoria. —«Massa d'acord amb tot i amb tothom», vaig pensar, sempre desconfiat, com aconsellen les millors novel·les policíaques—. I, a més a més, em sembla que sé qui és el talp.

—Ah, sí? I qui és?

—El Roc. El Roc Alano. —I, fent un parèntesi—: Has dit que volies anar amb tren, oi? Tiro cap a l'estació de Sants.

Em vaig adonar que no me la trauria fàcilment del damunt. De fet, si no m'espavilava, no me la trauria del damunt ni amb una grua. Estava fermament decidida a fer el viatge amb mi.

—No, no. He dit amb tren? No, no! M'ho he repensat i he comprat bitllet d'avió.

—Perfecte. A mi també m'agrada més l'avió. Anem cap al Prat.

Què us deia?

—I per què el Roc Alano? —vaig preguntar mentre ella aturava el cotxe darrere d'un camió que s'havia posat a descarregar al mig del carrer.

—Pel fax —va dir.

Era veritat: havien esmentat un fax.

—El fax? Què passa amb aquest fax?

—Quan estàvem negociant amb els representants del Tony Hassan, una nit a l'Organització va entrar un fax. El Carles Sistax s'havia quedat sol i el va veure per casualitat. El fax deia: «L'oferta de deu mil dòlars és ridícula. Tallem dràsticament les negociacions...»

—Deu mil dòlars? —vaig exclamar—. No en demanaven cinc-cents mil?

—Sí —continuava la Maica—. Nosaltres també ens vam preguntar què havia passat. Qui havia enviat aquesta oferta ridícula en nom de l'ONG? Nosaltres ja havíem acceptat el rescat de cinc-cents mil dòlars, ja l'estàvem reunint! Una oferta de deu mil dòlars era un insult, una ofensa per als homes del Tony Hassan! Només servia per provocar que pleguessin, que tornessin al seu país sense tancar el pacte! Per fortuna, el Carles va reaccionar ràpidament. Va enviar un altre fax a l'hotel Palace de Madrid, dient «Acceptem els cinc-cents mil dòlars. No marxin. No trenquin les negociacions», una cosa així.

El Ford Ka avançava ara amb dificultat per la caòtica xarxa de carrers i carrerons del barri. Els semàfors ens aturaven a cada moment.

—Giri a la dreta després del semàfor —li vaig dir.

—Segur? Em sembla que per anar a les rondes és cap a l'esquerra.

—No, no. A la dreta, i farem drecera... —Un cop la vaig veure convençuda, vaig reprendre la conversa—: I això què té a veure amb el Roc Alano? —Era el Roc el qui havia de ser a aquella hora a la seu de l'Organització! Des que havíem iniciat les negociacions amb els homes del Hassan, sempre deixàvem algú de guàrdia a la seu, dia i nit. I aquell dia li tocava al Roc Alano.

—I per què no hi era? I per què hi era el Carles?

—Havia sortit un moment. El Sistax era allà per casualitat. Però aquell missatge, en circumstàncies normals, l'hauria d'haver rebut el Roc Alano. Aleshores va ser quan el Carles va sospitar que hi havia un talp entre nosaltres, un traïdor que havia volgut fer fracassar les negociacions amb aquella oferta ridícula...

—Però ell sospitava del Trevor Bishop!

—El Carles sospitava de tothom, al final. Sobretot, del Roc, perquè hem sabut que està molt i molt endeutat, amb l'aigua al coll, d'ençà que s'ha separat de la seva dona...

—Però... i el Trevor Bishop? —insistia jo.

—Es va fer molt sospitós perquè de seguida va dir que era ell qui portaria els diners a Madrid, i que els portaria personalment i amb tren. Mentre els altres encara dubtàvem si hi hauria un traïdor o no, ell ja n'estava convençut i ja prenia decisions. Fins al punt que es va posar pesat i es va fer sospitós. I el Carles, per fi, li va dir: «De tu, tampoc no me'n fio.» Aleshores, tothom es va treure de sobre el Carles Sistax. El Trevor el va acusar d'estar boicotejant la bona marxa de les negociacions i de l'ONG...

—Però el Trevor no deu tenir cap motiu per trair l'ONG...

—Suposo que si busques motius, sempre els acabes trobant —va dir la Maica, com excusant-se pel que anava a afegir—. Deutes com el Roc, no en té, però no creu gaire en aquesta campanya. Diu que les ajudes han de ser programades, que actuar a corre-cuita per solucionar emergències i problemes puntuals només serveix per malbaratar recursos. És clar que... —va deixar la frase penjada, mossegant-se la llengua.

—Sí? —la vaig animar.

—Bé... No és cap secret: està una mica ressentit. Fa uns mesos, va dimitir el secretari general de l'Organització, a Ginebra, i ell donava per fet que el càrrec seria per a ell..., però al final el van donar a un altre. Des de llavors, no està d'acord en res del que decideix la direcció internacional.

—Ara, a la dreta després de l'stop i agafarà l'avinguda Nova —la vaig interrompre.

—Segur? S'hi veu molt trànsit, en aquest carrer...

—És només un trosset. Passat el primer semàfor, anirem com les bales. Faci'm cas. —Em va fer cas. Jo vaig tornar al tema—: O sigui que el Trevor Bishop també té motius. I el Gerard Rey?

—El Gerard Rey es l'únic de nosaltres que ha estat a Somàlia. Hi va ser fa anys, quan va començar la guerra, i quan va tornar, semblava que havia pres partit per unes faccions i en contra d'unes altres.

—Potser està en contra del Tony Hassan i no vol que rebi diners!

—No ho crec. Diu que no el coneix. De fet, el Tony Hassan només és un bandit de segona fila, pel que sé.

Bé, doncs ja havíem passat revista a tots els seus companys. Era el moment de preguntar: «I vostè? Quins motius té? Quines coses sospitoses ha fet darrerament?» Però, és clar, no ho vaig fer. El sol fet que hagués assenyalat amb el dit a tots els seus companys ja me la feia sospitosa. I també aquella tossuderia per viatjar amb mi. És que em volia controlar?

Una simfonia de clàxons em va desvetllar del meu embadaliment mental.

—Però què passa aquí? —es va esverar la Maica.

Passava que ja havíem arribat on jo volia arribar. Seguint les meves indicacions, la Maica s'havia ficat al mig del famós caos del capvespre de l'avinguda Nova. Des que hi estaven fent unes obres de repavimentació, allà s'organitzaven uns embussos terrorífics. De vegades, els conductors s'hi quedaven atrapats mitja hora o una hora, sense cap altra distracció que recordar-se de les autoritats municipals i les seves digníssimes famílies. Els veïns, que ho sabien però que no tenien més remei que passar per allà, s'enduien consoles de videojocs o revistes de mots encreuats per matar l'estona.

—Ui, sembla que això va per llarg —vaig dir. I, mentre ho deia, obria la porta i baixava del cotxe.

De moment, la Maica no va protestar. Segur que es pensava que jo només volia mirar si hi havia algun obstacle més endavant. Però quan va veure que treia la meva motxilla, es va esverar.

—Ei! On vas?

—No vull perdre l'avió. Arribaré abans a l'aeroport en metro. Ja ens veurem a Madrid.

—Però escolta...! Ei! Eiiiii!

La vaig deixar allà plantada, presonera de l'embús monumental, sense cap possibilitat de seguir-me, i me'n vaig anar cap a la parada del metro. Val a dir que tenia remordiments. No gaires, però en tenia.

Vaig arribar a l'estació de Sants amb massa temps, que és el pitjor que et pot passar quan tens pressa i massa pors per rumiar. Vaig comprar revistes i un llibre, però no vaig entendre res del que llegia. Repassava la conversa mantinguda aquell matí a l'ONG i la de la tarda amb la Maica Valls. Tot d'una, aquella dona se m'havia fet molt sospitosa. No sabria dir per què, però no m'agradava gens la seva curiositat, la seva fal·lera per acompanyar-me. I potser (o potser no) a ella havia aconseguit enganyar-la dient que viatjaria amb avió, però no podia oblidar que, al matí, els havia anunciat a tots els de l'ONG que agafaria el mateix tren que havien agafat el Carles i la Pili. En qualsevol moment, podia arribar el Roc Alano o el Gerard Rey o...

Tot allò m'estava posant molt nerviós. Segurament m'estava agafant la síndrome de l'espia, que és un personatge paranoic per imperatiu laboral, sempre sospitant de tothom, sempre veient fantasmes pertot arreu. En un moment determinat, davant l'aparador d'una de les botigues de l'estació, em vaig trobar mirant fixament una casset de música de pel·lícules d'intriga: *Goldfinger*; *Diamonds are forever*, en la veu castigadora de la Shirley Bassey; *The windmills of your mind*, d'*El cas Thomas Crown*, cantada pel José Feliciano. Aquestes coses sempre animen i posen en situació, de manera que me la vaig comprar. I ja em teniu passejant per entremig de viatgers i empleats, xiruquers i executius i senyors amb boina i espardenyes, i jo mirant de cua d'ull a dreta i esquerra al ritme del tema central del James Bond. I rient-me de mi mateix, és clar.

Que lluny em sentia de tot allò de les sabates que es convertien en telèfons mòbils o de les motxilles que tot d'una escupen foc i es converteixen en retropropulsors que t'enlairen en vertical. Ximpleries. Fabulacions. O la fama de lligar com bojos que tenien els agents secrets. Ximpleries i fabulacions. Precisament estava recordant l'escena de l'Ursula Andrews sortint del mar per anar a trobar el James Bond a la platja quan, de sobte, una noia pèl-roja surt de darrere una columna i ve directament cap a mi i em tira els braços al coll i em fa un petó a la boca.

Mmmmh??

Bé. No va ser ben bé un petó. Eren uns llavis tancats que em premien els meus amb molta molta força, com si em volgués ficar totes les dents coll avall. Ella tenia els ulls tancats, com molt apassionada, però jo els tenia ben oberts, per la sorpresa i l'espant. Era pèl-roja i pigada. No em vaig poder estar de posar-li les mans a la cintura i així vaig notar que feia de bon abraçar. Em sembla que per besar-me s'havia posat de puntetes, però en aquell moment no ho podia assegurar. A cau d'orella, el José Feliciano cantava «*...like a cercle in spiral, never ending or beginnig, an ever spinning reel...*»,[2] i era prou oportú, perquè descrivia a la perfecció la sensació de mareig que em va envair. Només una cosa em desagradava d'aquella

2. «...com un cercle en espiral, sense principi ni final, com un rodet que no deixa de girar...»

situació, i era que de la noia es desprenia una fortor que feria la meva sensibilitat. Fortor de massa dies sense dutxa.

Quan es va separar de mi, però, i va obrir aquells ulls verds, em vaig oblidar de l'olor i de tota prevenció, com mirar la sortida del sol al mar o una cosa per l'estil.

—Hola —va fer, tota engrescada—. Com et dius?

I jo, sota els efectes de la selecció musical:

—Flanagan. Johnny Flanagan.

No la va estranyar gens. Em sembla que ni tan sols no em va sentir.

—Perdona'm, eh? És que hi havia un brètol que m'estava molestant i així li he fet creure que eres el meu nòvio. —De fet, no va dir «brètol». Va fer servir una expressió que insinuava que la mare de l'individu en qüestió no era el que es diu una bona persona.

—Ah —vaig fer, impressionat tant per la bellesa com pel llenguatge de la noia. Duia vambes, texans, un jersei molt brut que en algun moment havia sigut rosa i, a sobre, un anorac. I motxilla, com jo.

—On vas?

—A Madrid —vaig confessar, mentre em preguntava quan i de quina manera em demanaria que li donés diners. I quants.

—Quina casualitat! Jo també vaig a Madrid!

Segona mentida, possiblement. Jo tenia la impressió que hauria dit «Quina casualitat, jo també» encara que li hagués dit que me n'anava a la mili. I, a més a més, no va dir «Quina casualitat». Va fer servir una exclamació més contundent.

Era massa maca. Si no hagués estat tan maca, ja m'hauria costat molta feina treure-me-la de sobre, perquè semblava tenir una barra i una confiança en ella mateixa que la feien invulnerable. Però és que, a més a més, no m'importava gens la seva companyia, de manera que de seguida ens vam trobar menjant uns entrepans en un self-service de l'estació. Entre renecs i imprecacions tan vehements que em feien parpellejar, amb un entusiasme desbordant i aclaparador i amb una deliciosa cantarella de ses Illes, em va notificar que es deia Bruna, que era òrfena d'un multimilionari i que anava a Madrid a participar en un campionat internacional de solitaris. Jo me la mirava, somreia com un babau i decidia que li pagaria els entrepans però no li donaria ni una pesseta més.

—Solitaris?

—Sí. De tota mena. Ja siguin fets amb naips o amb fitxes de dòmino o amb peces d'escacs...

Segurament induït per la brutícia que carregava, i també pel fet que girés la cara per mirar a un altre lloc quan va entrar un policia al bar, vaig suposar que s'havia escapat de casa i, mentre feia veure que me l'escoltava atentament, em preguntava per què devia haver fugit i m'imaginava una família que estaria patint, com patia la meva família per la Pili. La roba que duia, encara que bruta, era bona; les vambes destrossades ara no valien res, però noves se n'anaven a les dotze mil o quinze mil peles. Una nena rica que volia viure una aventura? No ho podia saber. I tot i que les seves boles eren divertides, no me'n fiava ni un pèl, d'ella, i em preguntava amb quin ciri trencat em sortiria. I, al mateix temps, la meva part perversa em feia consultar no sé què del bitllet i guardar-lo molt ostentosament en una butxaca de la motxilla.

Quan van anunciar la sortida del tren cap a Madrid, la Bruna va proclamar que anava al lavabo, i em va deixar sol amb la temptació d'escorcollar la seva motxilla. Me'n vaig estar. Quan va tornar i em va preguntar si jo no volia anar al vàter també, vaig estar segur que volia que m'absentés per escorcollar la meva motxilla.

—No, no cal. No en tinc ganes —li vaig dir.

Vam córrer cap a la via 7, que era la que ens tocava, ens vam enfilar al tren i vam buscar el departament que ens corresponia. La diferència era que jo anava amb el bitllet a la mà, i la Bruna, no.

El tren es va posar en moviment abans que ens acomodéssim als nostres seients.

—A tu també et toca aquí?

Ella m'oferia un somriure enlluernador. Tenia una manera de mirar directament als ulls que em feia tremolar les cames.

—M'estaré amb tu, fent-te companyia. No et fa res, oi?

No. La veritat era que no em feia res.

El tren ja corria a tota velocitat cap al sud, vorejant el mar, quan al departament, on havíem anat sols fins aleshores, van entrar dues persones més, un matrimoni. Ell era alt i gros, de moviments maldestres i feixucs. Duia un vestit de ratlletes, amb armilla, i camisa i corbata. Suposo que anava tan elegant com li era possible, i no era gran cosa. Era calb i, tot i amb això, semblava que anés despentinat; era galtut i això li donava un insuportable aspecte de constant enuig. Ens va saludar com qui escup i va fracassar en la prova de somriure. No en sabia.

La dona ni ens va mirar. Pel seu posat, qualsevol diria que havia comès un crim espantós i l'acabaven d'enxampar amb les mans al plat. Era baixeta, de la mateixa mida que la Bruna. Capcota, submisa, modesta, silenciosa. Portava un vestit sastre beix, de solapes amples i faldilla estreta, i una brusa de seda brillant. Es va asseure procurant ocupar el mínim lloc possible, amb la bossa ben agafada amb les mans.

Una altra característica curiosa de tots dos era que no portaven cap maleta. M'hauria agradat que triguessin més a arribar.

Em vaig aixecar i vaig anunciar que anava al lavabo. Vaig sortir del compartiment, vaig anar fins a l'extrem, vaig fer mitja volta i vaig tornar enrere. La Bruna estava escorcollant la meva motxilla.

Ah, se m'havia oblidat dir que, mentre ella havia anat al lavabo, a l'estació, jo havia passat el bitllet de la motxilla a la butxaca dels pantalons. I ara l'hi ensenyava.

—Ei, Bruna. Estàs buscant això?

Es va tombar cap a mi amb brusquedat, va mirar el matrimoni i el seu rostre va adquirir el to vermell més intens que he vist en ma vida. Se li van accentuar les pigues.

I ara què? Era evident que tota la comèdia i tota la simpatia de la Bruna només tenien l'objectiu de pisparme el bitllet. Era evident que no tenia bitllet. Què havia de dir, jo? «Doncs et fots!»? No tenia ganes de dir-li «Doncs et fots!». «Salta del tren»? No tenia ganes de dir-li «Salta del tren». Tenia ganes de continuar el viatge amb ella.

No sé com hauríem solucionat la violència de la situació si, en aquell precís moment, no hagués aparegut el revisor a la porta del compartiment.

—Bitllets, sisplau —va dir.

4

Ostres, la cartera!

La Bruna i jo vam deixar de mirar-nos als ulls per mirar el nouvingut. El món va parar de rodar durant uns segons eterns, al final dels quals el senyor calb i malgirbat va dir, darrere nostre:

—Els nostres bitllets els té l'encarregat del vagó llit. Anem en primera, però com que a la cabina només hi ha llits, hem vingut aquí a seure una estona. La nena, però, no té bitllet. El seu viatge l'hem decidit a última hora. Eh que el puc pagar ara?

—Sí, és clar. Amb un petit recàrrec —va dir el revisor, amabilíssim—. Encara que em sembla que no queden cabines lliures...

—No hi fa res. Un bitllet de seient, en aquest compartiment.

I la Bruna i jo, de pasta de moniato. Ara resultava que aquell home calb era la nostra fada padrina! Va treure una voluminosa cartera bicolor, beix i tabac, i en va treure uns quants bitllets de banc. Van completar els tràmits, els diners van canviar de mà i el revisor va marxar tan content, sense sospitar res. L'home calb es va inclinar cap a la Bruna i va fer aquella ganyota de boig que ell es pensava que era un somriure.

—T'has escapat de casa, oi?

I la Bruna, què havia de dir:

—Sí. —No sabia on mirar—. Moltes gràcies.

—No té importància. Que quedi clar que no estic d'acord amb el que has fet, però també sé perfectament que no es guanya res agafant la gent per l'orella i tornant-la a casa per la força. Et tornaries a escapar, oi?

Tot d'una, la Bruna es mostrava tan desarmada i submisa com la dona que acompanyava el sant baró que ens havia salvat la vida. I encara que la barra per dir mentides i la facilitat per fer teatre eren, sens dubte, dues de les seves principals virtuts, em va semblar sincera quan va dir:

—Sí, la veritat és que ho tornaria a fer.

La Bruna va explicar que s'havia escapat de la casa familiar, a Menorca. Va dir que els seus pares eren joves i irresponsables. Però no es va aturar allà. Fins i tot va dir que eren cruels, perversos, sàdics. L'apallissaven sovint, amb la mà i amb els punys i amb el cinturó, de vegades, que tenia marques de la sivella a tota l'esquena. Els havia denunciat a comissaria, però la policia havia cregut les mentides del seus pares. Per això havia fugit. Jo també pensava que era una mentidera i per dintre em reia de l'atenció i l'aprensió amb què el matrimoni es deixava enredar. Admeto, però, que aquella enredaire em fascinava. Tenia unes ganes boges que prengués una dutxa per poder ser el seu amic més incondicional.

El senyor calb i gros tenia molta calor. Suava. Es va posar dret i, amb moviments ampul·losos, es va treure l'americana.

De la butxaca interior, va tornar a treure aquella voluminosa cartera bicolor, beix i tabac, i de la cartera va treure'n una targeta, que va lliurar a la Bruna amb una actitud gairebé reverent.

—Mira: jo sóc advocat. M'agradaria ajudar-te, si és possible, Bruna. Si vols tornar a posar la denúncia, jo et faré costat. Podem portar el cas a judici i jo et garanteixo que si ho fas amb mi, guanyarem. T'ho garanteixo.

Jo m'ho mirava tot de lluny. Aquella targeta barata, de les que et pots fer al metro per cinc-centes pessetes, deia «Nicanor Toledo. Advocat» i portava una adreça i un telèfon de Barcelona. Em fiava menys d'aquell paio que de la Bruna.

En aquell moment, el revisor tornava a passar pel passadís, en direcció contrària a la que duia abans.

—Perdoneu-me un moment —vaig dir.

Vaig sortir corrents, «Ei, escolti, perdoni», i el revisor es va aturar, al costat d'una porta on hi havia un avís en tres idiomes que recomanava no saltar en marxa del tren, i em va mirar arquejant les celles, amb predisposició servicial.

—L'altre dia uns joves van robar no sé quants milions aquí, al tren, oi? Uns xicots d'una ONG...

—Sí, sí que me'n recordo...

—I van saltar del tren, oi?

—Sí... Precisament quan sortíem de Guadalajara, quan encara no havíem agafat velocitat, que no sé com no es van matar.

—Vostè viatjava en el tren?

—Sí, sempre faig el mateix recorregut.

La Bruna havia vingut darrere meu.

—Ei, tu! No te'n vas, oi?

Em mirava amb ulls desconsolats. Hi havia una mena de desesperació molt i molt dramàtica en aquella noia que moments abans semblava tan penques.

—No, no me'n vaig. Estic parlant amb aquest senyor.

—De què parleu? —s'hi ficava ella.

La vaig ignorar. La millor manera de demostrar-li que no estàvem parlant d'ella era anant a la meva.

—I com va anar? Com van poder robar tots aquells milions...?

El revisor tenia altra feina, i els ulls se li escapaven cap a l'altre extrem del passadís, cap a les seves obligacions. Però també tenia ganes d'explicar un cop més aquella aventura que havia viscut. Ser revisor d'un tren nocturn no ofereix l'oportunitat de gaires emocions.

—Els joves i l'home que portava els milions es coneixien. Havien estat parlant durant el viatge, a l'hora de sopar... abans de dormir.

—El robatori va ser de matí, després de dormir?

—Robatori? —va dir la Bruna, fascinada.

—Sí, sí —feia el revisor, al mateix temps—. Va ser quan arribàvem a l'estació de Guadalajara, a uns cent quilòmetres de Madrid. Ens hi aturem a les sis del matí. Normalment, és quan els viatgers es comencen a llevar.

»Es veu que els dos joves volien aprofitar l'aturada per escapar-se. Van trucar a la porta del senyor Bishop. Quan va obrir, tot d'una, li van clavar una empenta, es van precipitar a l'interior de la cabina i, mentre el noi es barallava i l'immobilitzava, la noia va agafar el maletí dels diners i van sortir corrents...

—Ostres! —va exclamar la Bruna—. Què és, això? Una pel·li? No em diguis que va de debò!

—Bé, jo tinc feina. —El revisor aprofitava la interrupció per escapolir-se.

—Vols fer-me el fotut favor d'anar al compartiment i esperar-me allà tranquil·leta? —li vaig dir a la Bruna, impacient i groller.

S'ho va prendre malament. Va fer mitja volta sense dir res, però en una actitud que donava a entendre que l'havia ofès mortalment. Pitjor per a ella. Vaig agafar de la màniga el revisor, que ja se n'anava.

—Van sortir corrents? I van saltar del tren...?

—Segur que volien baixar a l'estació, però quan corrien pel passadís, es veu que van topar de cara amb els altres dos homes, que van estar a punt d'agafar-los...

—Quins altres dos homes?

—Dos paios molt estranys que es van passar tota la nit amunt i avall, desperts, com vigilant. Jo em pensava que anaven amb el senyor Bishop, com a escortes o alguna cosa per l'estil... Per vigilar els diners, saps? Però va resultar que no. Després, el senyor Bishop em va dir que no es coneixien de res...

—Com eren, aquests dos senyors?

—Molt estranys. L'un duia unes ulleres amb un vidre transparent i l'altre negre. Segurament era borni... L'altre era més jove, molt ros i de pell molt blanca. Primer, vaig pensar que eren estrangers, tots dos molt alts, molt forts, amb unes mans com de descarregador del moll, saps què vull dir?

—I la noia i el noi se'ls van trobar de cara.

—I van fer mitja volta per fugir per l'altra porta, però per allà venia el senyor Bishop demanant auxili. Per abreujar, et diré que van haver de forcejar. El senyor Bishop va anar per terra, no sé com s'ho van fer els lladres, però els dos galifardeus també van anar per terra. El cas és que això els va fer perdre força temps, saps?, i el tren ja arrencava i anava agafant velocitat, i aleshores van fer el que ningú de nosaltres no s'esperava.

—Van saltar.

—Efectivament. Jo em vaig pensar que es mataven.

—I diu que aquells altres homes...

—També van saltar.

—També? —Ostres, aquesta sí que no me l'esperava. Això no ho deia la notícia del diari.

—Sí, tot i que el tren ja anava molt més ràpid. Però no s'ho van pensar dues vegades. Van saltar per la mateixa porta. Per això jo vaig pensar que eren els encarregats de la custòdia dels diners. Però després el senyor Bishop em va dir que no els coneixia de res. Per què ho vols saber, tu, tot això?

—No, per res. M'agraden les històries policíaques.

Vaig fer mitja volta i vaig tornar al compartiment. En arribar a la porta, em va faltar un ai per topar amb la Bruna, que sortia. I no semblava disposada a dirigir-me la paraula ni la mirada.

—Ei, Bruna, on vas?

—I a tu què t'importa?

La vaig agafar pel braç.

—Bruna! —No sé per què, però no volia que marxés enfadada amb mi—. No t'enfadis. Et convido a sopar.

—No, no cal.

—Vinga, va. Segur que mai no has sopat en un vagó restaurant.

Em va mirar de cua d'ull.

—I tu?

—Tampoc. Va, no t'enfadis, Bruna. Abans, no et podia fer cas. Estic fent la investigació d'un robatori de setanta-cinc milions de pessetes. Setanta-cinc milions, Bruna, que aviat està dit! Estava *interrogant* aquell home!

Allò li va fer il·lusió. Però moltíssima il·lusió.

—Ho dius de debò? Interrogant? —Amb un somriure enlluernador—: Doncs jo no he vist que el colpegessis amb una porra ni li enganxessis els dits amb la porta...

Vam alliberar el riure.

—Vine a sopar amb mi i t'ho explicaré tot.

Abans de pujar al tren, em resistia a pagar-li un entrepà, i ara, tot d'una, em venien ganes de convidar-la a sopar, al tren, amb els preus que hi posen! No sé què en pensaria la Blanca, d'allò. Bé, suposo que no en pensaria res, tant li faria, ja he dit que m'agradaria que la Blanca fos una mica més gelosa del que era. Però, en fi, en aquell moment no volia pensar en la Blanca.

Vam anar fins al fons del corredor, vam creuar dos vagons més de lliteres i vam arribar finalment al restaurant. Era una mena de cantina, amb taulells que semblaven prestatges i tamborets baixos i, darrere uns vidres que feien de separació, una zona on hi havia quatre o cinc taules collades a les parets, amb estovalles de paper individuals. No tenia res a veure amb l'Orient Express, però no hi feia res. Per mi, en companyia de la Bruna, era l'indret més romàntic del món.

Ens vam asseure en una de les taules. Resultava emocionant mirar per la finestra i veure passar la nit esquitxada de llumenetes. Pobles llunyans i desconeguts, els fars de cotxes en carreteres i autopistes, llums de neó que parpellejaven en la foscor. I el tracatrac que ens bressolava. Em sentia tan a gust com quan et trobes dins del llit, calentet sota les mantes, mentre a fora plou a bots i barrals. I, a més a més, la companyia. Aquella noia d'ulls vertiginosos i d'intencions enigmàtiques. Vaig calcular que era més jove que jo, no devia tenir més de catorze anys, però ja se sap que les noies maduren abans que nosaltres. Això diuen. Físicament, no hi havia dubte que la Bruna havia madurat més que jo.

La carta era de plats combinats i no hi havia gaire per triar. A canvi, no anunciava el cop de canya que jo m'havia temut. Ens vam decidir, tots dos, pel combinat de bistec, pèsols, truita i patates fregides.

Així que el cambrer ens va deixar sols, vaig començar a explicar la meva vida. Per què em deien Flanagan, com em vaig veure ficat en casos abracadabrants d'assassinats, i coses per l'estil. Li vaig parlar també, de passada, de les meves nòvies o, per ser més exactes, de la meva col·lecció de fracassos sentimentals, però em vaig descuidar, amb traïdoria i premeditació, del meu únic èxit, la Blanca. Em justificava a mi mateix pensant que dir-li que tens nòvia a una noia que acabes de conèixer és una mena d'acte de vanitat. Com si donessis per fet que ella s'ha enamorat de tu només veure't i l'avisessis: «No et facis il·lusions, eh?, que ja estic compromès!»

Ràpidament vaig passar a la desaparició de la Pili i a les meves investigacions.

Tot i que la Bruna volia ser amable i còmplice, els seus comentaris traspuaven amargor. Quan li vaig parlar de la meva amiga Carme, que era gitana, de seguida va fer una ganyota i va dir: «Ui, els gitanos...»; quan li vaig explicar el cas de la Neus Mercadal, va murmurar: «És que hi ha qui es busca problemes.» No ho deia per racisme ni per insensibilitat: quan jo li aclaria que havia estat molt enamorat de la Carme i que era una de les noies més maques que havia conegut, o quan protestava per la innocència i la desgràcia de la Neus, la Bruna s'apressava a fer-me costat i fins i tot s'excusava, però jo m'adonava que estava acostumada a desconfiar i a pensar el pitjor de tot i de tothom. Potser aquella actitud, en una altra persona, m'hauria produït rebuig i antipatia, però en la Bruna només em va desvetllar compassió. M'adonava que la noia no podia fer ni ser d'una altra manera i, sobretot, era evident que feia un esforç per simpatitzar amb mi.

Quan li vaig parlar de les ONG, però, va reaccionar amb un menyspreu tan ofensiu (sempre donant per fet que jo compartiria la seva opinió) que li va ser impossible fer marxa enrere. Opinava que les ONG les creen nens rics que es calmen la mala consciència ajudant els pobres negrets a distància, que posen pedaços però no donen autèntiques solucions, curen els malaltons d'aquest camp de refugiats i s'obliden d'altres milions que potser tenen més a prop. I quan s'han cansat d'ajudar els nens d'aquest país, se'n van al país del costat i ho deixen tot tal com estava quan van arribar.

Jo no hi estava d'acord, però tampoc tenia ganes de discutir amb ella. Em vaig limitar a dir:

—Fins i tot si admetéssim que això és cert, que jo no ho admeto, has d'acceptar que els que fan alguna cosa estan fent *alguna cosa més* que els que no fan res. Has vist *La llista de Schlinder*? Hi fan esment d'un proverbi jueu: «Qui salva un home, salva la humanitat.»

I ella, amb la ràbia de qui està parlant d'un assumpte personal:

—Sí, hi ha gent que salva la humanitat fent donacions a organitzacions d'aquestes. I després, amb la consciència ben tranquil·la, ja es poden comportar com uns porcs amb la gent que tenen al voltant.

Frase contundent destinada a provocar un silenci espès. La Bruna mirava el seu plat i serrava els llavis. Suposo que podia riure i fer comèdia quan explicava boles, però ara que possiblement s'havia acostat una mica a la seva veritat personal i intransferible, l'alegria li feia aigües, i tota ella semblava estar en perill de naufragi.

—Què ha passat? —vaig dir, després d'una estona.

—Què ha passat amb què?

—Amb tu.

—Ja ho he explicat abans. —Sense mirar-me.

—A mi ja m'has explicat dues coses. Quina m'he de creure? La història del campionat de solitaris o la dels pares torturadors? —La Bruna va aixecar aquells ulls verds tan macos, que de sobte semblaven a punt de llançar flamarades. Em vaig sentir odiat i, ofès, vaig plegar veles—: Perdona. És cosa teva i jo no m'hi he de ficar si tu no vols. Tampoc no et puc ajudar si tu no vols.

Ella em va recompensar amb un somriure inesperat.

—Saps? —va dir—, ets un descobriment. La primera persona en molt temps capaç de reconèixer que s'ha equivocat.

Ja havíem acabat de sopar i venia el cambrer amb el compte. Mentre jo buscava la meva cartera, la Bruna va treure'n una del seu anorac i em va dir:

—Busques això?

M'oferia una cartera molt voluminosa, de color beix i tabac. Jo vaig dir «No» i vaig reconèixer la cartera del senyor Toledo. La Bruna s'havia quedat de pedra.

—Ei! Què fas, amb aquesta cartera?

—L'he tret de la teva motxilla! —va dir.

—Mentida! L'hi has pres al senyor del compartiment!

—No és veritat! Te l'he pres a tu! Te l'he pres a tu perquè m'has engegat a la merda quan parlaves amb el revisor!

Enfurismat, l'hi vaig prendre de les mans i la vaig obrir. Em va caure entre les mans una targeta: «Nicanor Toledo.»

—Ho veus?

I el carnet d'identitat, i un munt de bitllets. La Bruna no se'n sabia avenir. Em vaig fixar en la targeta. Primer, vaig veure que al dors hi havia unes paraules escrites amb bolígraf: «Joan Juanes.» I un número de telèfon mòbil que començava així: «909123...» De seguida, l'anvers: «Nicanor Toledo. Advocat», com a l'altra, però amb el logotip distintiu de Chemical Chem, Indústries Farmacèutiques. Quina casualitat!

—L'he agafat de la teva motxilla... T'ho juro!

Estava tornant a posar la targeta a la cartera quan em va cridar l'atenció una mena de flaix. Era un llampec d'alerta en els ulls de la Bruna que, de cop i volta, me la va arrabassar de les mans; va saltar de la cadira com si algú li hagués mossegat el cul, va arrencar a córrer i es va allunyar de mi. Va envestir el cambrer que venia per portar-me el compte i el va fer caure sobre una colla de nois en viatge d'estudis que jugaven a cartes en una de les taules. La llambregada de la noia m'indicava que havia vist alguna cosa terrible que s'apropava pel meu darrere. Em vaig aixecar d'un bot com si sospités que venia l'home llop, i vaig comprovar que el Nicanor Toledo acabava d'entrar al menjador i m'estava assenyalant amb el dit al mateix temps que cridava:

—És aquest noi!

Vaig veure triomf als seus ulls, aquella lluentor del qui ha assolit precisament el que volia. Anava en mànigues de camisa, suat i amb els quatre cabells de la closca esvalotats. Què diria la seva pudorosíssima esposa si el veiés amb aquella pinta? I el revisor anava al seu costat.

Em vaig quedar una mil·lèsima de segon mirant-me'ls amb l'autèntica expressió del qui veu visions i després vaig arrencar a córrer en la mateixa direcció cap a on havia fugit la Bruna. Hi va haver molta cridòria al restaurant quan vaig tornar a empènyer el cambrer, que va tornar a caure sobre la taula del costat, i mentrestant jo travessava el vagó com una fletxa, amb por que algun viatger no m'agafés de la roba i m'aturés, i en veure que el revisor i el senyor Toledo iniciaven la persecució.

El vagó següent era de lliteres. Un passadís estret, compartiments tancats i remor de roncs. La Bruna no estava a la vista. I què feia jo, ara? Suposo que el James Bond es despenjaria per una finestra i s'enfilaria al sostre per fer equilibris allà dalt fins al moment en què un túnel esclafés els caps dels seus perseguidors. Però a mi només se m'acudia fer gambades, una darrere l'altra, tan de pressa com podia. Vaig travessar la plataforma on hi havia els lavabos, vaig fer-me el vagó de punta a punta i vaig ensopegar amb els passatgers que havien sortit a fumar al passadís. Massa obstacles, però. Jo era el que ensopegava i empenyia, i els meus perseguidors es trobaven la via lliure. De manera que, quan acabava d'entrar al vagó següent, em van enxampar.

Paff, una manassa que m'agafa pel clatell.

—Es pot saber on vas? —va xisclar el revisor.

—Escorcolli'l! Escorcolli'l! —cridava el senyor Toledo.

—Escorcolli'm vostè, en tot cas! —vaig replicar, dirigint-me al revisor—. Perquè ell no vull que em posi la mà al damunt! —Em referia al senyor Nicanor Toledo. Mentida per mentida, el vaig acusar—: Des que hem sortit de Barcelona, que no para de fer-me insinuacions porques!

El senyor Nicanor Toledo va reaccionar com si s'hagués ennuegat amb l'aire que respirava.

—Què? Jo? —va fer.

El revisor el va fulminar d'un cop d'ull, com dient: «A veure! Què passa aquí!» Simultàniament, jo girava de l'inrevés les butxaques dels pantalons per demostrar que només hi duia el que havia de dur: claus, moneder..., i una cartera, la meva, que no s'assemblava gens a aquella de color beix i tabac.

—Escorcolli'l més! —insistia el Nicanor Toledo. I, després, com rendint-se a l'evidència—: Deu haver llançat la cartera pel camí!

—No he llançat res pel camí! —I, de seguida—: Cartera? Quina cartera? Què insinua? Es pot saber de què m'acusa i en què es basa, per acusar-me?

—Es pot saber per què fugies? —em sacsejava el braç el revisor.

—Ja l'hi he dit! Aquest home no ha parat de preguntar-me si m'agraden les pel·lícules de romans, des que hem sortit de l'estació de Barcelona!

L'advocat Nicanor Toledo no tenia paraules. L'expressió de triomf s'havia transformat en una de frustració i indignació extremes.

—A més a més de lladre, és un mentider! I jo vull la meva cartera! Tu tens la meva cartera, lladre! La teva amigueta pèl-roja l'ha robat per a tu!

El revisor se'l va quedar mirant, parpellejant.

—La noia pèl-roja? Però que no és la seva filla?

—La meva filla? —Ara no se'n recordava, el molt gamarús, que havia pagat el bitllet a la Bruna. Per cert, què se n'havia fet?—. No, no... jo no he dit això —«Glups»!

—Si fins i tot li ha pagat el bitllet!

—M'ha entès malament! He... he dit... que era com una filla per a mi! —La sensació d'estar fent el ridícul encara l'enfurismava més—: Però ara no estem parlant d'això! L'important és que aquest noi m'ha robat la cartera!

El Nicanor Toledo perdia punts davant del revisor i se n'adonava, i li venien ganes de plorar. Se m'hauria llançat al coll si el revisor no el subjecta.

—Quiet! Revisem el camí des d'aquí fins al seu compartiment per veure si trobem la cartera! I si no apareix, o la cartera o la noia pèl-roja, avisarem la policia així que entrem a la propera estació! —Em va mirar, amenaçant-me amb el dit—: I fins a la propera estació no es pot saltar del tren! El tren, en aquests moments, corre a més de cent vint quilòmetres per hora! Som-hi!

El senyor Toledo va fer mitja volta, exasperat, i es va allunyar cap al seu compartiment. Va fer tot el recorregut mirant a terra, aturant-se per assegurar-se que les ombres dels racons no amagaven la seva meravellosa cartera. Fins i tot va obrir les portes dels compartiments de lliteres que no estaven tancades del tot, i va despertar i enfurismar els passatgers que dormien a l'interior.

—Perdonin, perdonin... Ja m'adono que els he despertat, però deixin-me que els ho expliqui...

L'enviaven a pastar fang o a fer determinades activitats sexuals «contra natura», i li tancaven les portes pels morros, gens interessats en les seves explicacions.

Darrere seu, el revisor m'arrossegava, agafant-me per la màniga. Vam creuar, en aquesta actitud ignominiosa, el vagó dels compartiments de lliteres i el vagó restaurant.

—Ei, això qui ho paga —protestava el cambrer.

—Vindré ara mateix —li vaig dir—, així que haguem aclarit aquest malentès. —Va ser allà que em vaig posar a increpar, a crits, el senyor Toledo, que ens precedia—: No, no! No se'n vagi! Digui'm per què m'ha acusat! Digui què volia de mi quan m'ensenyava aquella revista dels *Culturistas Ebúrneos*! Quan em preguntava si no sentia un pessigolleig al ventre en mirar aquells músculs lluents! —No vaig parar d'esvalotar fins que vam arribar al nostre compartiment.

A mesura que ens apropàvem, el meu cor bategava més i més de pressa, com el del jugador quan veu que la ruleta està parant de rodar. Tenia una intuïció, era una mena de juguesca. No sé ben bé què m'hi jugava, però sé que la Bruna era part importantíssima del joc.

Vaig trobar precisament el que esperava trobar. La modesta i pudorosa senyora Toledo ens esperava amb ulls fulgurants.

—Ai, Nicanor! Mira! Que he trobat això! —Tenia la cartera de color beix i tabac a la mà—. T'havia caigut a terra! L'he trobat aquí, aquí mateix, i no hi falta res!

L'advocat Toledo no sabia on ficar-se. Vermell, tremolós i molt confós, obria la cartera, en comprovava el contingut, aclaparat de vergonya mirava el revisor, mirava la seva dona amb odi assassí i, amb gran dificultat, també em mirava a mi. No sabia què dir. Per fi, va fer un saltiró d'exasperació i va cridar:

—Marxem d'aquí, Paula! Ja en tinc prou, de pallassades!

Van sortir del compartiment. Les espatlles enormes d'ell van ensopegar contra els muntants de la porta i contra les parets dels corredor, que, tot d'una, semblava que se li hagués fet massa estret. La dona es mirava amb insistència les puntes de les sabates. El revisor tampoc no sabia què dir-me.

—Els deixaré que passin davant —vaig dir, en to apaivagador— i després aniré a pagar el compte del restaurant.

El revisor em va somriure, es va posar seriós, va somriure un altre cop. No sabia com disculpar-se ni com alleugerir la situació. Suposo que em volia demostrar que ell ja s'havia malfiat del senyor Toledo des del primer moment.

—Hi ha una cosa estranya, saps?, ara que m'hi fixo... —va dir. I jo pensava «Només en trobes una, ànima de càntir?»—. Saps què m'ha dit l'encarregat del vagó llit? Doncs que en donar-li els bitllets, primer s'han equivocat i n'hi han donat uns d'avió, d'Iberia! Tenien bitllets d'avió i de tren per fer el mateix trajecte!

5

Parlem de segrest

I la Bruna, que no apareixia, tot i que la seva motxilla continuava a la reixeta del compartiment. On s'havia ficat? M'havia fet l'efecte que havíem deixat una conversa penjada en el moment just en què es començava a posar interessant.

Em vaig posar tan còmode com era possible, donat que ara tenia l'exclusiva dels seients del compartiment, i, com a exercici d'abans de dormir, vaig provar de treure conclusions de tot el que havia passat. No era gaire difícil. El Nicanor Toledo m'havia posat la cartera a la motxilla per poder-me acusar de robatori. Això volia dir que tenia la intenció d'impedir que arribés a Madrid. Quan va veure que la Bruna la treia d'allà, va haver de variar una mica, però no gaire, els seus plans. Se'm feia fàcil imaginar-lo a ell i la seva dona en el seu domicili, a punt per sortir cap a l'aeroport, de viatge a Madrid, quan de sobte sona el telèfon i algú els encomana la feina d'interceptar-me. Havien hagut de canviar de mitjà de transport. La pregunta era: qui sabia que jo aniria a Madrid amb aquell tren?

La resposta no m'aclaria res: tots els directius de l'ONG. Fins i tot, possiblement, el Trevor Bishop, que ja era a Madrid, però que, com jo mateix havia comprovat, estava en contacte telefònic amb els seus companys.

No és que tingués intenció d'escorcollar-la, però en un determinat moment em vaig adonar que, per una de les butxaques de la motxilla de la Bruna, treia el nas el que semblava una guia de Madrid. O sigui que, malgrat les meves sospites, la noia no m'havia enganyat en dir-me que anava a la capital. Vaig treure la guia, amb ànim d'informar-me sobre la situació i les característiques de l'hotel Palace, i va ser així com, mirant el plànol del centre, hi vaig descobrir una creu marcada amb retolador. Exactament, al carrer Claudio Coello, a prop del metro de Serrano. Era allà, on anava la Bruna? A casa d'algun amic? Una altra pregunta sense resposta.

A continuació, i ja posats a tafanejar, vaig recuperar l'agenda de la Pili i la vaig fullejar per si de cas trobava alguna cosa interessant. Potser buscava el cognom Toledo o el nom Nicanor? Potser buscava si la Pili tenia alguna amiga que es digués Bruna?

En tot cas, no vaig trobar ni una cosa ni l'altra. I tampoc no vaig trobar la pàgina corresponent a la lletra *i*. L'havien arrencada. Qui l'havia arrencada? Qui havia estat regirant-me la motxilla? El senyor Nicanor Toledo l'havia obert per posar-hi la seva cartera i la Bruna també, per treure-la! I, sobretot, què hi deia, en aquella pàgina? Per què l'havien arrencada?

Vaig fer memòria. Hi havia el nom i el número de telèfon de la Isabel Mesamiga, i també una referència a «Infor» i a uns «Italianos»... I potser més coses que ara no recordava.

Suposo que vaig tancar els ulls per concentrar-me i remembrar les xifres que podien anar darrere dels «Infor» i dels «Italianos», i el sondroll del tren i el soroll insistent i monòton em van adormir. Em sembla que vaig somiar Venècia.

Tot d'una, algú em va sacsejar amb una insistència embogida.

—Flanagan! Flanagan! —Un panteix anguniós em va provocar la sensació que m'amenaçava un perill espantós.

Em vaig incorporar amb el pànic de no saber on era ni qui era. La Bruna xiuxiuejava per exigir-me silenci. La Bruna!

—Què passa?

—He descobert a quina cabina viatgen el senyor i la senyora Toledo! —em va dir—. S'han passat tota la nit discutint! Vols venir a sentir-los?

Abans que pogués dir sí o no, ja em vaig trobar corrents pels passadissos d'un tren adormit, tenebrós i silenciós. Feia fred, i per les finestres es veia un fil de llum que dibuixava l'horitzó. Quina hora era?

—Com t'ho vas fer, anit, amb la cartera? —vaig preguntar.

—Vaig veure que venien el Nicanor i el revisor i per això vaig arrencar a córrer. Em vaig amagar en un lavabo. Vaig sentir com passàveu de llarg, quan et perseguien, i aleshores vaig sortir i vaig tornar fins al nostre compartiment.

Avançàvem envoltats de roncs, de somnis pesats, de moviments feixucs i d'olors de resclosit i de desconeguts que dormien, però no vam trobar ningú fins que vam arribar al vagó de les cabines de primera. Allà, a la plataforma, la Bruna es va tombar cap a mi per dir:

—La senyora Toledo és dels nostres! Ho vaig veure de seguida. Li vaig donar la cartera i me la vaig quedar mirant i es va posar vermella com un tomàquet. Li dic: «És cosa del bèstia del seu marit o a vostè també li està bé això d'acusar la gent de lladres?» Va acotar el cap, molt avergonyida, i va dir: «Perdona, perdona, jo no ho sabia...»

Jo em mirava la Bruna amb admiració. Què havia volgut dir amb allò de «és dels nostres»? S'havia implicat en la meva guerra, per fi? Era possible que s'hagués passat tota la nit buscant la cabina dels Toledo? M'agradava no sentir-me sol en aquell afer i encara m'agradava més que fos ella la meva còmplice.

—I, després, he estat escoltant la bronca que ell li ha estat clavant tota la nit. Ell la insulta, li diu que és una bleda i li demana que se'n torni a Barcelona així que arribin a Madrid. I han parlat d'un segrest!

—*D'un segrest??* —Em vaig despertar de cop.

—Sí. Ella deia: «No vull estar implicada en un segrest.» I ell li deia: «Que no és un segrest!» Però era un segrest, segur.

—I què més han dit?

—També parlaven de no sé què que havia fet o que li havien fet a «l'altre noi».

—El Carles?

—No ho sé. Vine, vine. Escolta.

De la mà, em va arrossegar cap a una de les portes del passadís de primera. De moment, no se sentia res. Després, uns sanglots. Jo mirava la Bruna i m'arronsava d'espatlles, «No se sent res!», i la Bruna movia les mans demanant-me paciència. Vaig suposar que si havien estat discutint tota la nit, algú els devia haver exigit silenci.

—Vols callar, d'una vegada! —va esclatar, de sobte, la veuarra del Nicanor Toledo—. No em deixes dormir!

I la veueta dolguda i tímida de la dona (Paula, l'havia anomenat l'advocat):

—Aniré a la policia.

Brusc moviment de roba. Em vaig imaginar el Nicanor traient-se els llençols de sobre i saltant del llit.

—No ho diguis ni de broma, això!

—No em vull veure ficada en coses així!

—En coses com? Ja ho hem parlat, això! No fem res més que defensar-nos!

—Defensar qui? No tens personalitat, Nicanor! Sempre t'endinyen les feines brutes; ets com la dona de fer feines de l'empresa! Només seveixes per amagar la merda sota la catifa! I n'hi dius «defensar-se», de...?

—Paula, no hi tornem...

—Segrestar una persona no és defensar-se!

La paraula «segrestar» em posava el fetge a la gola. M'ofegava. Estava segur que es referien a la Pili. Tenia ganes d'esbotzar la porta i agafar el Nicanor per la corbata i estrènyer-li el nus fins que em digués on era la meva germana.

—Que no hi ha ningú segrestat, t'he dit! Quantes vegades t'ho he de dir? L'estan cuidant! El Juanes és metge!

—És anestesista!

—Els anestesistes són metges, també saben fer primers auxilis!

—Ja estic farta de sentir bestieses tota la nit!

—Doncs calla! Les coses ja estan prou malament, per culpa de la incompetència del Juanes! —Vaig recordar el nom, «Joan Juanes», escrit al dors d'una targeta. I un telèfon: «909123...» I què més?—. Només em faltes tu!

De sobte, la dona va descórrer el pestell, i per a nosaltres allò va sonar com un tret de pistola. S'estava obrint la porta! Per sort, el Nicanor va aturar la Paula. Segur que li va dir «On vas?» o «No obris, que estic en calçotets!», però la Bruna i jo ja corríem precipitadament. Ja sortíem a la plataforma i ens ficàvem atropelladament, topant l'un amb l'altre, al lavabo.

Ens vam quedar allà, abraçats, contenint la respiració, mirant-nos als ulls.

Vam sentir que algú passava per davant de la porta del lavabo. I després vam adonar-nos que estàvem abraçats i molt a prop l'un de l'altre. Ella em mirava fixament amb una expressió ben innocent i desarmada. Tenia els llavis entreoberts i vaig pensar que si ens fèiem un petó a la boca en aquell moment, no seria tan sec com el que m'havia fet a l'estació de Sants. També em va passar pel cap la imatge de la Blanca, la meva nòvia tan maca i tan poc gelosa. Em vaig desfer de l'abraçada.

—Vine... Que no mossego, de debò —va dir la Bruna. I m'estirava de les espatlles.

—No, no. Ara no...

—Per què?

Bona pregunta. Per què?

—Perquè tinc Blanca! —li vaig dir.

Se'm va escapar. Us juro que volia dir «Perquè tinc pressa!». Potser el lapsus es devia al fet que, inconscientment, volia estalviar-li una decepció posterior. O potser em va sortir així perquè ja havia jugat al cràpula una vegada, feia temps,[3] i allò em va suposar un munt de maldecaps. De tota manera, el mal ja estava fet.

—Ah, tens Blanca? —va fer ella, freda, per deixar clar que no se li havia escapat ni una síl·laba.

—Vull dir que tinc pressa. He de parlar amb aquesta dona!

Vaig sortir al passadís, amb la voluntat dividida. D'una banda, hi havia la Pili segrestada i aquella dona que en coneixia el secret. De l'altra, el que acabava de passar entre la Bruna i jo. En desprendre'm de l'escalfor del seus braços i sortir del lavabo, vaig tenir una esgarrifança de fred, una mena de fred instal·lat més enllà del moll de l'os.

Havia sentit que la Paula passava d'esquerra a dreta i s'allunyava d'on era el seu marit, i vam seguir aquesta mateixa direcció.

La vam trobar a la plataforma següent. Estava mirant cap a l'exterior per la finestra de la porta. Anava correctament vestida i pentinada, impecable; la nit en blanc no havia deixat cap senyal a la roba ni al pentinat. L'únic desgavell era als ulls, enlletgits pel plor i la son. Inflats i vermells, miraven els primers raigs de sol. No ens havia sentit arribar i la meva veu li va provocar un esglai.

—La noia que tenen segrestada és la meva germana!

Va fer un critet i es va tombar cap a mi.

3. Trobareu informació sobre les meves experiències com a cràpula a *Tots els detectius es diuen Flanagan.*

—Què? —va gemegar.

—Ja m'ha sentit! On és?

—On és qui?

—La meva germana! La Pili! Per què l'han segrestada? Què volen?

—Però què estàs dient?

Ella es feia l'orni i jo m'anava encenent. Tenia unes ganes boges d'engegar un cop de puny, de fer miques aquella expressió de falsa innocència.

—La Pili no ha fet mal a ningú! Què busqueu? Diners? No en tenim, nosaltres, de diners! On la teniu amagada?

M'hauria agradat ser més dur o més agut o més home. Un anunci de plor infantil i desconsolat se m'instal·lava de sobte als ulls, al nas i a la boca. Em posava frenètic pensar que la Pili estava presonera, que estava malament perquè un metge n'havia de tenir cura, i que aquella dona ploraire sabia on era i no m'ho volia dir.

—Vols deixar estar la meva dona?

Vaig sentir la veu de tro darrere meu al mateix temps que dues mans m'engrapaven les espatlles i em feien cruixir els ossos, i em vaig veure amorrat contra la paret d'una empenta. Vaig topar-hi, i abans de poder reaccionar, aquell homenàs ja m'obligava a girar-me, ja em clavava una bufetada i ja em posava l'altra mà al coll, com amb ànim d'escanyar-me.

Mentrestant, crits de la dona i de la Bruna.

—No, no li facis mal!

—Bèstia, deixi'l anar! Vaig a cridar el revisor!

Com que era gras i feixuc i suava i semblava un pobre home, fins aleshores no m'havia adonat de les proporcions gegantines del Nicanor Toledo. La seva manassa m'aixafava el cap contra la paret i cap amunt, i m'obligava a estar amb la barbeta ben alta i gairebé de puntetes, amb aquella amenaça de dolor punyent a la gola. Em xiuxiuejava amb ràbia d'assassí que es reprimeix amb prou feines:

—On són els diners? Què n'heu fet, dels diners?

Com si jo estigués en condicions de respondre-li!

Vaig intentar endinyar-li alguna puntada de peu i algun cop de puny, però cada moviment augmentava la sensació d'asfíxia i de pànic. Mai no m'havia sentit tan impotent. Bé, potser aquella vegada que em van apallissar els skins al bar del pare.[4]

—Deixeu anar la meva germana! —em sembla que deia. Incoherències amanides amb renecs i insults.

—La teva germana està bé! —O sigui, que confessava que la tenien!—. I si vols que continuï bé, val més que tornis a casa teva i t'estiguis quietet i ens deixis en pau, em sents? Com més remenis la troca, més s'allargarà aquesta pallassada, em sents? Si vas a veure la poli, si ens continues fent la guitza, la teva germana sortirà rebotada, entesos? I si et portes bé, així que els negrets se'n vagin a casa seva, la Pili se n'anirà a casa teva, d'acord?

Em va llançar contra un racó, com si jo fos un drap brut. Vaig clavar-me un cop al cap i em vaig torçar una mica el canell, i allà vaig restar, de quatre grapes, humiliadíssim. El Toledo Nicanor va grunyir:

—Cada dia he de trucar a l'home que està cuidant la teva germana! Si un dia deixo de trucar-li, senzilla-

4. Allò que vaig explicar a *No te'n rentis les mans, Flanagan.*

ment l'abandonaran allà on és i no la podreu trobar mai!

Jo m'aguantava el plor. La senyora Toledo, no. El senyor Toledo li va clavar una empenta i li va dir, amb tanta fúria com m'havia estat parlant a mi:

—I tu, passa cap allà!

Quan van arribar el revisor i la Bruna, em van trobar sol, assegut a terra i netejant-me les llàgrimes i els mocs a manotades.

—On són? —va preguntar la Bruna.

—Què ha passat? —va preguntar el revisor.

—No ha passat res —vaig dir.

Tenia tanta vergonya que no em vaig deixar consolar per la Bruna. Em vaig escapolir de les seves carícies, em vaig negar a respondre les seves preguntes, li vaig dir que fes el fotut favor de deixar-me en pau. I suposo que ella ho va interpretar com la confirmació del rebuig que li havia demostrat als lavabos, quan se m'havia escapat el nom de la Blanca.

Ella en un racó del compartiment i jo en l'altre, diametralment oposat. Tots dos enfurrunyats.

—La teva germana és una idiota per ficar-se en aquestes coses de política —va dir ella, després d'una estona.

De vegades passa això: que t'has de treure la ràbia del damunt i engegues la coça contra qui no té cap culpa. Li passava a ella, pel tall que li havia clavat, i també em passava a mi. Me la vaig mirar com si m'hagués llançat una escopinada.

—La meva germana no s'ha ficat en política. Les ONG no són polítiques.

—Ah, no? Van allà on hi ha una guerra civil i s'hi fiquen pel mig...

—Però només ajuden les víctimes. I a les guerres, hi ha víctimes a tots els bàndols.

—Bah. A les guerres, les ONG denuncien les bestieses que fan els uns i no diuen res de les que fan els altres...

—Això no és veritat! —protestava jo.

—I van a fotografiar pobres nens morts de gana i els fan sortir a totes les teles per treure diners a la gent. Només fan que demanar diners, i després, vés a saber què passa amb els ajuts humanitaris...

—Això no és així! —vaig cridar—. La meva germana es va jugar la vida, s'està jugant la vida, per fer que un ajut humanitari arribi a les mans que ha d'arribar! I molta més gent ho fa, m'entens? Allà a Somàlia, ara mateix, hi ha una colla de nens que s'estan morint del còlera i a mi m'és igual que siguin de dretes o d'esquerres, o que siguin hutus o tutsis o cristians o musulmans! S'estan morint i han de rebre els medicaments tant sí com no! I jo faré tot el possible perquè els rebin, i la meva germana està en un mal pas perquè pensava el mateix!

—Compassió —se'n va burlar ella—. Us moveu per compassió.

—Doncs sí, senyora! Ens movem per compassió, què passa? Perquè ens fa molta pena que aquells nens estiguin tan prims i a punt de morir. I gràcies a la compassió rebran medicines i podran sobreviure...

—Amb la compassió sobreviuran quatre negrets d'aquell punt concret però no arreglareu el país...

—Jo no vull arreglar cap país. No és cosa meva. No està a les meves mans salvar aquell país que no sé ni on és, que probablement no visitaré mai en tota la meva vida. Però sí que està a les meves mans salvar aquests que tenen còlera, i si els puc salvar, els salvaré. I és millor això que quedar-se a casa i fer zàping quan et molesta el que veus!

—Quan va passar allò del Zaire, la UNICEF feia un anunci que deia: «La teva compassió no salva vides, els teus diners sí»...

—I a mi què m'importa el que digui la UNICEF...!

—Doncs això, que només busquen els diners. Que et diuen «Tu paga i calla i passa de tot i fes zàping si el que veus no t'agrada»!

—Jo no estic fent zàping. Ni tan sols no m'he quedat a veure la tele. Jo vaig cap a l'hotel Palace de Madrid per parlar cara a cara amb els senyors de la guerra.

No sé si us heu adonat que amb la calor de la conversa, atiats els ànims per circumstàncies que no tenien res a veure amb les ONG ni amb Somàlia, jo havia pres un partit i unes determinacions ben allunyats del fet de salvar la Pili dels seus segrestadors.

—Bravo —va dir la Bruna, amb tota la mala idea del món—. Ja ho sap, aquesta Blanca, que el seu nòvio va per sant?

La referència a la Blanca em va tocar el voraviu. O sigui, que ho havia entès tot. Vaig contraatacar, com l'espadatxí que apunta l'arma instintivament al punt on pot fer més mal:

—I tu què? De gresca pel món, i els teus pares esperant-te a casa, sense saber res de la filla. Se te'n fot, oi, que estiguin patint?

La Bruna em va clavar una llambregada incendiària. Per un moment, vaig témer que se'm llancés al damunt i intentés treure'm els ulls a esgarrapades. Penso que no estic afiliat a l'ONCE de miracle. Però es va controlar. Una mica.

—Ho veus? —va dir, alçant-se—. Aquesta és la teva especialitat! Parlar del que no saps! Tu què en saps, del que ha passat a casa meva?!

—Ho saps, tu? —vaig fer jo, en un rampell, sense pensar-m'ho gaire—. Saps on vas? Què et proposes? Fer un rècord Guinnes? Donar la volta al món robant bitllets de tren i carteres de passatgers?

—Vés a la merda! —La Bruna es va aixecar, va arreplegar la motxilla i va sortir del compartiment, després de resumir la seva opinió amb tres paraules—: Ets un imbècil.

Mentiria si digués que no em va saber greu la seva fugida. En teoria, m'havia tret del damunt una paparra; en la pràctica, em vaig sentir abandonat i miserable per haver permès que la discussió s'enfilés fins a aquell punt. Què havia passat? Potser havia fet el que ella havia dit al vagó restaurant: jugar a salvador del món i portar-me com un porc amb la gent, també necessitada d'ajuda, que tenia més a prop. I, al damunt, aquell petó que no ens havíem arribat a fer m'havia deixat amb la gola seca.

Se'm feia insuportable la idea que no tornaria a veure mai més aquells ulls verds, però no vaig fer res. No vaig anar darrere seu per mirar de fer les paus, no em vaig moure del seient i em vaig posar a escoltar música amb el walkman. Tenia una mena de ventada al cervell i les idees m'hi giraven com les aspes dels molins de vent de la cançó aquella del Feliciano. Una d'aquestes idees inabastables era prou significativa: «Per què t'ho prens així?»

En el moment que el tren començava a frenar per entrar a l'andana de Guadalajara, jo mirava insistentment per la finestra, intentant concentrar-me en el que podia fer quan arribés a Madrid.

A la llum de la matinada, vaig veure barris perifèrics de la ciutat, edificis de pisos, camps. I ni una ànima. Allà, a Guadalajara, havia saltat del tren la Pili. I potser perquè em sentia sol, la idea que la meva germana no podia ser gaire lluny se'm va fer, de cop, insuportable. Vaig agafar la meva motxilla i vaig sortir al passadís.

No va ser fins que es va aturar el tren i vaig baixar a l'andana que em vaig adonar que estava fugint, que estava desitjant abandonar el tren on viatjaven aquell ogre que havia estat a punt d'escanyar-me i aquella noia amb la qual m'havia barallat. Aleshores, em vaig dir que havia comès una estupidesa, que mai no podria trobar la Pili en una ciutat que no coneixia i que hauria estat més intel·ligent i efectiu quedar-me a prop dels Toledo i seguir-los la petja i fer-los la guitza...

Però el mal ja estava fet. El tren ja s'allunyava, amb la Bruna i els Nicanor a dins, i jo em quedava sol i mort de fred en una estació on ja sabia que mai no podria trobar el que buscava.

La Pili i el Carles havien saltat quan el tren sortia de l'estació, de manera que vaig caminar cap al final de l'andana. A la dreta, per on haurien saltat la Pili i el Carles, de seguida hi havia un reixat de filferro i un mur molt enganxat a les vies. La meva germana i el nòvio havien d'haver deixat el tren abans d'arribar a aquell obstacle, i vaig voler suposar que els dos galifardeus que els perseguien es devien haver esperat per no estampar-se contra aquella paret. Allò hauria donat un bon avantatge als fugitius.

A la dreta del mur de fàbrica empastifat amb pintades, hi havia un camp molt gran, que quedava al descobert i no oferia cap amagatall. Vaig avançar per un caminet ple de males herbes i em vaig allunyar de les vies, fins que vaig arribar a un camí asfaltat, un carrer amb senyals de civilització. Hi havia un bar que feia cantonada, i més enllà, carrers i un senyal de circulació que indicava els quilòmetres que faltaven per a Torrejón (14) i per a Torrelaguna (48).

Segurament, la Pili i el Carles s'havien estimat més allunyar-se de la ciutat, de manera que vaig recular, i una estona després estava perdut en una zona de cases baixes i disperses, amb cruïlles que contínuament em plantejaven dubtes irresolubles i la perspectiva de no trigar gaire a arribar a camp obert.

Davant d'un edifici de cinc pisos, molt alt en comparació amb l'entorn i amb un immens anunci de conyac Torres que cobria una de les parets, vaig decidir tirar la tovallola.

Era inútil. Era impossible que jo sol abastés tot aquell terreny. Estava fent el préssec. Vaig tornar cap al centre del poble i vaig preguntar com podia arribar a Madrid. El tren o un autobús. Vaig optar per l'autobús. Més econòmic.

Em sentia pobre i trist.

6

Al Palace

Quan l'autobús va arrencar, estava absolutament deprimit.

En baixar a l'andana de Guadalajara, havia pensat que hauria hagut de quedar-me al tren reconciliant-me amb a la Bruna i trepitjant els talons del Nicanor Toledo. Quan em vaig veure a la carretera, camí de la capital, estava convençut que hauria hagut de quedar-me allà, escorcollant cada una de les cases i casetes de la zona on havien trobat la bicicleta destrossada.

Estava fugint, donant cops de cec, de qualsevol manera, i incapaç de fer servir les dades que a poc a poc anava obtenint.

A l'estació d'autobusos vaig comprar un diari. Per fugir dels pensaments negres, vaig fer un esforç per concentrar-me en la lectura de les notícies. I ja estava començant a relaxar-me, entre pallassades polítiques i jugades de futbol, quan vaig ensopegar amb aquella notícia petita i arraconada.

«Detingut el jove que va robar els 500.000 dòlars a l'ONG.»

Em va pujar la sang al cap. Què?

Carles Sistax, de dinou anys, havia estat detingut per la policia a les dependències de l'hotel Palace de Madrid. Pel que es veia, havia ofert resistència a l'autoritat, i després d'una baralla havia estat reduït per les forces de l'ordre. No tenia a sobre els diners robats, que encara no havien pogut ser recuperats. Del que deien els diaris vaig deduir-ne que tot havia passat el dia anterior, més o menys mentre jo m'embarcava en el tren cap a Madrid.

Em va envair una mena de desesperació. Tot em picava. Les preguntes que em venien al cap eren una tempesta que em tornava boig. Què feia el Carles a l'hotel Palace? I on era la Pili? I tan violent era el Carles que s'havia resistit a la policia a cops de puny?

Vaig agafar un taxi i vaig dir que volia anar al Palace, i durant el trajecte pensava que hauria hagut d'anar a la prefectura de policia. Cada decisió que prenia em semblava una ximpleria.

Al taxista li era ben igual que jo volgués anar al Palace. Ell em va passejar per tots els carrers i totes les places principals que li va semblar que em podien interessar. Em va ensenyar bulevards amplíssims i vorejats d'arbres molts frondosos, i ens vam quedar atrapats en carrers molt estrets i plens de cotxes que tocaven el clàxon amb insistència; vaig veure ruïnes egípcies i gratacels torçats i vaig identificar la façana impressionant del museu del Prado, la famosa Cibeles amb els seus lleons i, finalment, la font de Neptú, amb el trident i tot. Allà, ben a prop de l'edifici del Congrés dels Diputats, hi havia l'hotel Palace, gairebé tan sumptuós com el Prado, malgrat les bastides d'unes obres de restauració que tapaven bona part de la façana. El mateix Neptú semblava una mica astorat en mirar-se'l.

Des que havia sortit de Barcelona, havia planejat allotjar-me a l'hotel Palace per estar ben al rovell de l'ou de l'aventura, però, ja al tren, fullejant la informació sobre l'hotel que duia la guia de la Bruna, em vaig adonar que la meva pretensió era senzillament absurda. Ara, l'uniforme del porter i el vestíbul que s'endinsava en l'edifici m'ho confirmaven. Era sumptuós, amb les parets decorades amb pintures murals que representaven balconades, i moltes bombetes que ho banyaven tot amb una llum com d'or de molts quirats.

No volia ni imaginar-me el que podia costar una habitació en aquell palau, on, segons la publicitat, s'havia allotjat gent com el Borges, la Lauren Bacall, el Leonard Cohen, el Buster Keaton, el Vittorio Gassman o la Rita Hayworth. De fet, no m'imaginava a mi mateix ni *entrant* al vestíbul, amb la motxilla a l'esquena i la roba bruta i rebregada després del viatge. A més a més, per qui havia de demanar? Per «uns senyors negres de Somàlia»? No sabia ni com es deien.

Vaig optar per la retirada. Un quiosquer em va donar l'adreça d'una pensió de «zero estrelles», no gaire lluny d'allà. Hi vaig llogar una habitació i vaig provar de recompondre el meu aspecte per fer-lo digne de l'hotel Palace. Una dutxa, roba neta i la motxilla ben guardada. El mirall de la meva habitació tenia una esquerda semicircular que el feia melancòlic mentre jo m'hi inspeccionava.

Quan vaig tornar al Palace, davant de la porta s'hi havia congregat una munió de noies de la meva edat, en l'actitud d'estar preparant l'assalt a una trinxera. Un parell de porters maldaven per mantenir-les a ratlla. Moltes de les noies duien blocs d'autògrafs i carpetes amb fotos del Brian Solo, un cantant guaperes de moda que, sens dubte, s'estava a l'hotel. Algunes de les noies posaven cara de patir. Tenir tan a prop el Brian Solo i no poder acostar-s'hi les devia mortificar molt.

Aquelles noies em van recordar la Bruna. On devia ser? On aniria a parar amb la seva fugida esbojarrada? Vaig fer un esforç per esborrar pensaments melancòlics i vaig entrar a l'hotel.

Tot i que m'havia pentinat, m'havia tret les lleganyes i m'havia netejat les vambes a escopinades, em sentia centre de mirades recriminatòries mentre avançava cap al taulell de recepció. Els uniformes dels lacais, digníssims, i les pells de les senyores i els posats sobergs dels senyors em convertien aquell ample vestíbul en territori enemic. Em va semblar que el recepcionista anava retrocedint i s'allunyava del taulell a mesura que jo m'hi acostava. Que s'encongia i es volia fer invisible quan m'hi vaig plantar al davant. Era un home gran, però feia la impressió d'haver sortit del ventre de la seva mare equipat amb una talla petita de l'uniforme que portava.

—El senyor Trevor Bishop, sisplau? —vaig dir, en el meu millor castellà.

El recepcionista va arquejar unes celles grises que, de tan lluentes, semblaven portar una mà de pintura de plata. Em va semblar que estava a punt de respondre'm «Per què el vols» o «Vés a pastar fang» o alguna cosa per l'estil. Després d'una lluita violenta contra un dubte terrible, va accedir a dirigir-me la paraula.

—No és a la seva habitació —em va notificar.

—Com ho sap? —vaig replicar jo—. Que ha deixat la clau? Per què no ho consulta a l'ordinador?

Aquell home patia per haver de parlar amb mi. Em feia la impressió que si depenia d'ell, posaria guardes de seguretat per passar revista d'elegància als clients que entraven, que fins i tot els missatgers s'haurien de posar camisa i corbata quan vinguessin a lliurar un paquet a algun hoste.

—El senyor Bishop està reunit a l'ambigú amb una hostessa que acaba d'arribar a l'hotel. No se'l pot molestar —va dir, mentre li feia un senyal a un dels porters, «Vigila aquest», i tot seguit li dedicava un somriure encegador a un client que s'apropava.

No hi ha res com tenir un cop de sort quan el necessites. En aquell moment, el Brian Solo va aparèixer al vestíbul. Les noies que hi havia a la porta no van poder resistir l'emoció, van emportar-se per davant els dos porters i van irrompre a l'hotel com les masses sublevades al palau d'hivern dels tsars. Fermament decidides a alleujar la soledat que insinuava el cognom del cantant, se li van llençar al damunt, unes penjant-s'hi del coll, d'altres estirant-li la roba, una entossudida a treure-li una sabata. *«Seguguidad!. Seguguidad!»*, udolava el Brian Solo, com si fos la tornada d'un dels seus èxits. Crits, xiscles, corredisses, desmais. Fins i tot em va semblar que al recepcionista, de la vergonya, se li cobrien de verdet aquelles celles tan platejades. Probablement m'ho vaig imaginar.

Aprofitant la confusió, em vaig endinsar a l'hotel. Amb pressa per allunyar-me del vestíbul i del recepcionista, vaig creuar l'àrea dels ascensors, d'on arrencaven les escales que duien a les habitacions, i vaig arribar a una gran sala rodona, encerclada per una galeria i coronada per una impressionant cúpula semiesfèrica de vidres policromats. A una banda, sota de les columnes, hi havia el que devia ser pròpiament l'ambigú, un restaurant amb piano de mitja cua on encara esmorzaven els clients que s'havien llevat més tard. A les altres, les portes d'accés a d'altres serveis de l'hotel. Al mig, sota la cúpula, una àmplia zona de sofàs i cadires que a mi em semblaven trons reials. Pertot arreu, plantes decoratives i llums amb llàgrimes de vidre i forma de palmera. Un escenari a la mida de clients il·lustres. Era fàcil imaginar-se el Salvador Dalí passejant un ocelot per allà, o la Mata-Hari ajaguda en un sofà, engalipant algun militarot austrohongarès.

Aleshores, vaig sentir una veu coneguda que s'expressava amb vehemència i, de cua d'ull, vaig descobrir la presència de la Maica Valls. Estava mig oculta per una columna i una palmera plantada en un test gegantí, i parlava amb algú que, des d'on era jo, no podia veure. L'«hostessa que acabava d'arribar» era ella.

No em vaig apropar amb especial cautela ni tenia la intenció de sorprendre-la, però quan vaig ser ben a prop i vaig sentir la rèplica del seu interlocutor, em vaig aturar i em vaig quedar allà, palplantat, entre la columna i la palmera, ben atent.

—No ets la persona més indicada per desconfiar de ningú, Maica. —Era una veu d'home, amb notable accent anglès—. Si hi ha un traïdor a l'ONG, tu ets la més sospitosa.

—Jo?

Vaig avançar una mica el cos, i amb les fulles de palmera fent-me pessigolles al nas, vaig poder veure un individu alt i tibat, amb bigotis molt gruixuts i recargolats com un manillar de bicicleta. Vestia una complicada combinació de jaqueta de quadres, armilla granat, camisa groga i corbata de llaç de puntets blancs que confirmava que era anglès de cap a peus.

—Tu vas estar treballant per al govern fins fa dos dies, no?

—Fa un any i mig que no treballo per al govern! —es defensava la Carme, com si treballar per al govern fos el més ignominiós dels crims.

—Quan demanàvem el 0,7 per cent del pressupost de l'Estat per als països del Tercer Món, vaig veure documents firmats per tu que deien que de cap manera, que era una campanya utòpica, infantil i inútil...

La Maica es bellugava molt incòmoda a la butaca. No li agradava que l'acusessin.

—Volia dir que els governs del Nord mai no accediran a cobrir totes les necessitats del Sud. En aquell moment, hi havia gairebé cinquanta milions de refugiats a tot el món, i el 0,7 per cent...

El Trevor Bishop la va interrompre:

—La filosofia de la nostra ONG diu que salvar una vida avui és més important que esperar el dia que es puguin salvar totes.

—Ja ho sé! Ja me n'he adonat, i ara ho subscric, però aleshores no ho veia! La gent canvia, Trevor!

—Potser sí, però jo no dic que hi hagi un traïdor a l'ONG.

—I tant que ho dius...! —va protestar la Maica.

—Mira, Maica! —es va impacientar l'anglès—, jo mateix no estava gaire d'acord amb aquesta operació, ja ho saps, però això no m'ha privat de ser el primer a fer el que calgués. No podem perdre el temps buscant fantasmes! Necessitem el temps per treballar!

Un noi d'uniforme se'ls va apropar. Portava la clau d'una cambra a la mà.

—La clau de la seva cambra, senyora Valls —va anunciar, amb veu mesurada.

La Maricarme Valls va agafar la clau d'una revolada, sense mirar-se el noi. Ell es va quedar allà, inclinat amb una mena de reverència, com si esperés la propina. Ignorant la seva presència, la dona continuava parlant amb l'home que parlava anglès:

—Per què et vas entestar a portar tu, personalment i bitllo-bitllo, els diners del rescat? Perquè creies que hi havia un traïdor!

El noi d'uniforme, que sens dubte era un grum, em va dirigir una ràpida mirada d'esbiaixada. Amb allò m'advertia que s'havia adonat de la meva presència i em dedicava la broma.

—He llençat les maletes per la finestra. Però abans m'he quedat els objectes de valor, és clar.

—Ah, gràcies —va dir el Trevor, en to de dir «No ens empipi»—. No, estimada, perdona. Vaig portar jo els diners perquè el Carles deia que hi havia un traïdor, perquè us va convèncer a tots, i perquè sóc el secretari general i principal responsable.

El grum va fer un moviment de celles com per dirme: «Te n'adones? Ni tan sols no han sentit el que els deia.» Era jove, no gaire més gran que jo, i tenia unes faccions o una manera de mirar o de somriure que em van fer pensar en una ànima bessona. Era evident que ell també, com jo, era estrany en aquell ambient. Per a ell aquelles persones tan ben vestides i perfumades eren tan marcianes com per a mi. Em vaig imaginar que sortia d'un barri semblant al meu, de la perifèria de la gran ciutat, habitat per obrers i gent a l'atur i joves predelinqüents i joves espavilats com jo. O com ell.

—Però el Carles sospitava de tu i per això et va prendre els diners... —acusava la Maricarme.

—El Carles em va prendre els diners perquè és un lladre. Ell era el traïdor!

—No, jo no crec que el Carles sigui un lladre. Per què hauria vingut al Palace, si ho era? Segur que volia parlar amb els homes del Tony Hassan!

—Doncs és un paranoic, és igual! En tot cas, ell és el desprestigi de l'ONG...

La Maricarme Valls va descobrir la presència del grum, que se la mirava com si se la volgués menjar.

—Ell és el desprestigi? —va replicar mentre buscava a l'interior de la bossa—. El desprestigi ens el porta la notícia de premsa! I qui va advertir la premsa del que ha passat? —Va donar un bitllet de mil al grum—: Quedi's el canvi.

—I què volies que fes? —continuava el Trevor Bishop—. ¿Deixar que es quedés els diners i no posar cap denúncia? Jo el vaig denunciar a la policia, no a la premsa!

El grum continuava allà, dret, mirant-me amb insistència, manifestant la seva sorpresa amb una ganyota còmica. «Els estàs espiant!», semblava dir-me, ben divertit. I jo, amb una ganyota d'enuig, «¿Vols marxar, que em descobriran?».

—I ha molts policies que tenen contactes amb periodistes —afegia el Trevor, després d'un petit dubte—. Potser algun d'ells...

—Potser el nostre estimat cap de premsa...? —suggeria la Maica.

—El Roc?

Aleshores, els meus ulls es van trobar amb els ulls clars i interrogants de l'anglès, que van constatar la meva presència persistent. Vaig reaccionar abans que ell, amb un somriure i fent un pas endavant.

—Senyora Valls...?

La dona es va girar cap a mi i va parpellejar com si no li agradés el que veia.

—Ah. Què hi fas, tu, per aquí? —Com dient: «Com t'atreveixes?»

—Busco la meva germana. He sentit que han detingut el Carles Sistax...

Vaig seure al caire d'una de les butaques, disposat a fugir d'un salt si veia que em volien fer fora a puntades de peu.

La Maica es va dirigir al Trevor Bishop assenyalant-me amb un gest despectiu.

—Aquest és el xicot de qui et vam parlar. El que diu que és germà de la noia que et va robar els diners. Es veu que està *investigant* per trobar-la. Com una mena de detectiu, saps? —Deia «investigant» i «detectiu» com si fossin neologismes absurds—. De moment, ja ha arribat a la conclusió que hi ha un traïdor a l'ONG, i per la seva manera d'actuar sembla que sospita de mi. —S'havia pres malament el que li havia fet: bé, ho comprenia—. Es fa dir Flanagan.

—Jo no he dit mai que sospiti de vostè... —vaig protestar. Però em va sortir una veu feble i poc convincent, com de covard incapaç de sostenir les seves opinions.

El grum era al meu costat i em mirava, sorneguer i encuriosit, tractant d'endevinar què hi feia, jo, amb aquells dos figurins.

—Flanagan? —se sorprenia el Trevor Bishop. I afegia—: *Are you irish? Do you speak english?*

Entenc bé l'anglès. M'entreno amb les cançons dels meus conjunts preferits. Però no en sé tant com per mantenir una conversa amb un anglès de debò. Ja sabeu que aquest és un idioma que escriu «London» i pronuncia «Manchester». De manera que vaig respondre el que dic sempre en casos com aquest:

—*Yes, sir, but when I speak english, I don't understand myself.* De manera que m'estimo més aprofitar que vostè parla el castellà. —Vaig mirar de cua d'ull el grum, que va frustrar un gest d'excusa i va desaparèixer. Vaig continuar, dirigint-me a la Maica i al Trevor—. I vull dir que la Chemical està ficada en el robatori perquè els de la Chemical tenen presonera la meva germana. La tenen *segrestada*. Un advocat que es diu Nicanor Toledo i que treballa per a la Chemical.

La Maica no va poder reprimir el riure. Quin disbarat!

—Nicanor Toledo! Quin nom!

Ens va interrompre l'arribada del recepcionista. Es veu que ja havien pogut dominar l'atac de les fans, fins i tot ja li havien donat un glopet d'aigua del Carme al

Brian Solo perquè es refés, i ara venia a buscar-me, una mica encorbat, en actitud de Sherlock Holmes a la caça i captura de Jack l'Esbudellador. Es va alegrar molt de trobar-me.

—Eh, noi...!

—Està amb nosaltres —el va frenar el Trevor Bishop, en veure que feia el gest d'agafar-me pel colze.

El braç del recepcionista es va quedar com enrampat. De fet, tot ell es va quedar enrampat, com una estàtua, que podríem anomenar *Desolació i enfonsament del majordom traït pels seus amos*. Li va costar un parell de segons recuperar la mobilitat.

—Ah. Perdoni. Ha estat un malentès, senyor Bishop. Un imperdonable malentès... Si fos tan amable d'acceptar les meves disculpes...

—D'acord, d'acord —el va acomiadar l'anglès, molt circumspecte i educat. I va reprendre el fil de la conversa amb mi—: Això que dius és impossible, noi. Els diners surten de la Chemical Chem. Ells han estat darrere d'aquesta operació d'ajut humanitari. Ells ens han venut a crèdit els medicaments, s'han encarregat de la tramesa i ens han ajudat a reunir els altres diners, els cinc-cents mil dòlars que em van robar...

—A més a més —va intervenir la Maica, ja seriosa i desagradable—, si han segrestat algú, això ho has de dir a la policia i no a nosaltres. Estem parlant de coses importants. —Es va dirigir al Trevor Bishop, acusadora—: Pel que fa als negrets de Somàlia, ja hem fet tard, oi? És això el que has dit, no?

El Bishop va respondre mirant-me fixament i ignorant-la:

—Els representants del Tony Hassan han decidit marxar avui. —I va afegir, pensarós—: Era d'esperar. Quan s'han de fer les coses amb presses...

Jo li vaig aguantar la mirada i vaig replicar:

—De moment, els negrets de Somàlia i el Tony Hassan me la porten fluixíssima. Ara per ara, només m'interessa rescatar la meva germana. I, ja que han parlat de policia, puc saber com es diu el comissari o l'inspector que porta el cas del robatori?

—És un inspector que es diu Campuzano.

—Gràcies.

Em vaig aixecar amb la determinació d'anar a la policia i amb la sensació asfixiant que si hi anava, també m'equivocaria.

—Ei, Flanagan! —em va aturar una veu quan sortia de la sala.

En tombar-me, em vaig trobar el grum que semblava que em volia donar alguna cosa. Com si m'haguessin caigut les claus a la butaca. No em volia donar res, però. Només volia parlar.

—He sentit com preguntaves per aquest paio que van detenir ahir...

—Saps què va passar?

—Li van clavar una allisada que el van deixar fi com un guant. Em sembla que li van trencar una cama...

—La policia? —em vaig alarmar.

Va negar amb el cap.

—Un paio que hi havia aquí al vestíbul. Jo diria que l'estava esperant. Aquestes coses, però, no s'expliquen perquè a l'hotel no li interessa. Cosa del prestigi, comprens? Aquest xicot va venir com tu, preguntant, i se'l van voler treure de sobre... —Es referia al recepcionista, a gent amb la qual ell no volia que el barregessin. Per això m'ajudava, perquè no volia que jo el confongués amb aquella patuleia colldreta i arrogant. Li importava molt i molt l'opinió que jo pogués tenir d'ell, i això em va afalagar i em va fer simpatitzar immediatament amb ell—. Ell, però, pel que es veu, es va colar escales amunt. Ningú no el va veure... fins que no el vam trobar en una habitació de mals endreços, al tercer pis. Li havien clavat una d'aquelles panaderes...

—Però qui era, el paio del vestíbul? Com era?

El grum mirava a banda i banda, temorós que li cridessin l'atenció per parlar amb mi tanta estona. O potser també estava comprovant que l'autor de la panadera no fos per allà a prop.

—Alt i fort. Malgirbat. Duia unes ulleres amb un vidre fosc i un altre de transparent. Amb pinta de guardaespatlles, dels que veiem per aquí quan s'allotgen polítics importants a l'hotel. Tot d'una, va desaparèixer. M'hi jugo l'orella dreta i el sonotone que va ser ell. Va veure el teu amic, li va anar al darrere i li va parar els peus. La policia també s'ho pensa. Han demanat la descripció del galifardeu...

No hi havia cap dubte: era un dels dos paios que havien perseguit el Carles quan hi va haver el robatori del tren. Ho hauria d'haver endevinat.

—Saps de quina comissaria són els policies?

—És aquí a la vora, a una cantonada del Ministeri de Sanitat.

Em feia gràcia la manera com parlava, el xicot. Un castellà molt peculiar en què algunes esses es convertien en hacs tan aspirades que rascaven. I s'entestava a dir-me «tronc», no amb ànim d'insult, com qui diu «tros de soca», sinó amb bon rotllo, simpàtic i col·lega.

—Has vist l'home amb qui jo parlava abans?

—El dels bigotis? Sí. Diuen que el Carles li va robar molts calés...

—Vas veure si el Bigotis parlava amb aquest galifardeu? Si es coneixien...?

—No. No m'ho va semblar. No m'hi vaig fixar, però em sembla que no...

És clar que podrien haver dissimulat.

—I pot ser que el Carles, aquell noi apallissat, anés a veure uns negres que hi ha a l'hotel...? Uns somalis...

—No ho sé. No ho crec. Aquells negres no reben ningú...

—A quin pis s'estan?

—Al tercer. Habitació 307. —Al tercer pis era on havien trobat el Carles—. I si vols parlar amb ells, em sembla que arribes tard, col·lega. Acaben de demanar el compte. Diuen que marxen després de dinar.

—Gràcies per tot. Continuarem parlant, però ara tinc pressa.

—Quan tornis, pregunta pel Toribio.

—Et dius Toribio?

—Què passa? Que no et dius Flanagan, tu?

—Bé, però jo em dic Joan. A mi em diuen Flanagan.

—Bé, jo em dic Niceto, com l'Alcalá Zamora, però m'agrada més que em diguin Toribio.

Em queia bé, aquell xicot.

Vaig sortir de l'hotel conscient que el recepcionista feia esforços desesperats per desintegrar-me amb els seus superpoders mentals. Al carrer, vaig descobrir que, d'alguna manera, el Brian Solo havia aconseguit arribar a una limusina, però el conductor no podia arrancar perquè ara les noies es penjaven a l'antena, al paraxocs i als agafadors de les portes.

Amb l'ajuda de la meva guia i de les indicacions que m'havia donat el Toribio, vaig anar caminant fins a la comissaria. No era lluny.

—El comissari Campuzano, sisplau?

El policia uniformat de la porta em va demanar per a què el volia.

—Pel cas del robatori de l'ONG. Sóc el germà de la noia que va robar els cinc-cents mil dòlars. Suposo que li interessarà coneixe'm.

Vaig haver de confiar-li el DNI i van prendre nota de totes les meves dades. Allà no els podria convèncer que em deia Johnny Flanagan. I mentre m'esperava, em vaig dir que tampoc no podria explicar res del que sabia. Si deia que la meva germana estava segrestada, ho escamparien; si els deia que l'advocat Nicanor Toledo hi estava implicat, mourien cel i terra per enxampar-lo. I a ell només li caldria una trucada amb el mòbil per fer que la Pili no aparegués mai més. I si la Pili no apareixia, ningú no podria acusar ningú de segrest. Però si no podia dir res de tot allò, quines respostes donaria a les preguntes de la poli?

No em van fer esperar prou per poder traçar una estratègia. Quan menys m'ho esperava, l'agent d'uniforme em va fer passar i pujar unes escales, i de seguida em vaig trobar en el despatx més desordenat que he vist en ma vida. La taula que tinc al soterrani del bar dels pares és d'una harmonia obsessiva en comparació amb aquell maremàgnum. I, enmig de tot, el comissari Campuzano maldava per encendre una pipa.

—Passa i seu, noi.

De l'encenedor només saltava una espurna ridícula, i això semblava posar-lo ben nerviós. Va manipular el rodet regulador del gas, es va trencar una ungla i, tot d'una, en tornar-ho a provar, l'estri va escopir una flama gegantina que li va socarrimar les celles. De l'ensurt, va fer un crit i li va caure la pipa a terra. Allò encara el va treure més de polleguera.

Era un homenàs d'edat indefinida, de cabell negre, abundant i greixós, ben despentinat, mànigues de camisa baldera i pantalons texans amb taques i genolleres. Tenia cara agradable, com de nen envellit, amb uns ulls grans que semblaven esbatanats pel pànic. Era un home aclaparat per l'estrès.

Exasperat, li va clavar una puntada de peu a la pipa i es va disculpar amb un somriure de «No en facis cas».

—Diu que ets el germà de la nòvia del Sistax, noi?

—Sí.

—I què vols?

—La meva germana ha desaparegut i l'estem buscant. L'últim que en sabem és que va saltar del tren, després de robar aquells diners. Tenim por que hagi pres mal. Vull parlar amb el Carles Sistax. Ell és l'únic que sap què va passar i on és la Pili.

—Però el Sistax s'ha tancat en banda. S'acull al seu dret de no fer declaracions.

—A mi em dirà el que vull saber! No el vull interrogar, tant me fa el que hagi passat amb aquells diners!

Només vull saber si la meva germana està bé! No cal ni que em digui on és, si és que està amagada. En tinc prou que em digui «Està bé, no li ha passat res».

El policia em mirava fixament, però em va semblar que tenia el cap en una altra banda. Se'm va acudir que si jo fos policia, aprofitaria una visita com la meva per posar el Carles a prova. Es podria donar el cas que, acarat amb el germà de la nòvia, baixés la guàrdia i se li escapés alguna indiscreció. No sé què devia estar pensant el comissari Campuzano però era alguna cosa que el feia sospirar i tamborinejar amb el dits sobre la taula. Tot d'una, va aixecar un munt de papers i va provocar una cascada de documents que es van escampar per terra. Tanmateix, no eren els primers que queien aquell matí. Per justificar el rampell, em va mostrar un paquet de Camel que sens dubte estava sepultat sota la paperassa, i amb mans tremoloses va treure un cigarret, i sense voler el va esmicolar i es va empastifar d'engrunes de tabac. Amb el segon cigarret, va anar amb una mica més de compte i el va fer arribar a la boca sense problemes. El problema següent va ser l'encenedor. S'havia oblidat que ara era un llançaflames i es va tornar a socarrimar la cara. I el cigarret, per terra.

Va desistir per un moment, em va mirar amb ulls gemegaires, com si volgués anunciar que es volia morir, i va dir finalment:

—Està bé. Anem a l'hospital. Potser parlant amb tu se li escaparà alguna indiscreció. —No era ximple, al capdavall. Una mica matusser, però no era un inspector Clouseau—. Haurem de trucar al seu advocat, però. És un perepunyetes.

Va fer una trucada i va parlar amb algú palesant una autoritat que ningú no li atribuiria en veure'l. No va preguntar per ningú: tan sols es va donar a conèixer. Vaig imaginar que la persona que havia contestat al telèfon era una secretària amb qui ja havia parlat més vegades.

—Escolti, que sóc el Campuzano. Que vaig a veure el Carles Sistax. Digui-li a l'advocat que s'afanyi si vol ser-hi present.

Una veueta s'hi volia resistir: «Però escolti, però escolti...!» Va ser inútil. Li va penjar l'auricular als morros, com qui diu.

—Anem.

En sortir del darrere de l'escriptori, es va ficar de peus a la paperera. Va rondinar i va engegar paperera i contingut a l'altra banda del despatx. Després, va forcejar amb la porta uns segons, fins a recordar que s'obria cap endins, i quan vam fer cinc o sis passos pel corredor, es va adonar, miraculosament, que es deixava la jaqueta. Va tornar enrere, va entrar al despatx, va sortir del despatx amb la pipa i jo li vaig haver de fer memòria del que havia anat a buscar.

Molta estona després, em vaig trobar en un cotxe atrotinat i vell, ple de papers polsosos i fragments d'entrepans petrificats, camí de l'hospital Gregorio Marañón. No vull descriure la manera de conduir d'aquell home perquè ningú no em creuria. Només diré que anàvem zigzaguejant mentre ell s'entestava a arreglar l'encenedor per encendre la pipa i provocava fogonades infernals que aterrien els conductors que venien de cara. Quan vorejàvem el parc del Retiro jo estava convençut que aniríem de cap al famós estany. I mentre pensava en tot això, ell em sotmetia a un curós interrogatori.

Volia saber quan havia desaparegut exactament la Pili, i com ens n'havíem assabentat, a casa, i si ho havíem dit a la policia o no, i si la Pili havia tingut comptes amb la policia abans d'ara. I quan li vaig dir que jo no creia que fos una lladre, em va preguntar per què i em va confessar, sense embuts, que no descartava la possibilitat que jo en fos còmplice i sabés perfectament on estava amagat el botí.

—Jo? Escolti'm, li asseguro que...!

—No m'asseguris res. Si m'estàs mentint, ja has demostrat que ho saps fer de conya, Anguera. Ara, si vols dir alguna cosa al Carles, jo hi seré present. I si parleu en clau, us enxamparé.

—Per què hauria de parlar-hi en clau? —De tota manera, allò de parlar en clau era una idea—. Només li vull preguntar com està la meva germana. Només vull que em digui que està bé!

Al cap de poca estona, vam arribar a l'hospital. El comissari va aparcar el cotxe damunt de la vorera, i va anar de poc que no el deixa damunt dels peus d'un vianant. Entre el cotxe i l'hospital, va ensopegar dues vegades, i quan mirava amb què havia ensopegat, va topar amb un pobre senyor que anava amb crosses. Al vestíbul de l'hospital, acabaven de fregar el terra i va fer una patinada espectacular que de poc no el fa caure de cul a terra. Pujant les escales, continuava insistint a encendre la pipa, i quan finalment ho va aconseguir (miracle!), de poc que no l'escanya allà mateix una infermera.

—Fumant a un hospital! Però vostè què s'ha cregut! Ara mateix aviso seguretat! La policia!

—Jo sóc policia, senyora! —I es veu que volia treure la placa per demostrar-l'hi, però es va confondre i va treure una pistola.

Mentre unes col·legues atenien la infermera, i després d'un munt d'excuses i explicacions, vam seguir camí i el comissari va continuar l'interrogatori:

—Com és que no vau avisar la policia?

—Bé... El meu pare i la Pili s'havien empipat. Ens vam pensar que ella havia fugit per castigar-lo o fer-lo sentir culpable. No vam pensar que fos un cas per a la policia...

Hi havia dos agents uniformats al fons d'un passadís que custodiaven una porta. Quan ens apropàvem, van saludar militarment.

—Ja ha vingut, l'advocat? —va preguntar el comissari Campuzano.

—És a dins —va dir un dels agents.

Era a dins, al costat del llit, i quan vam entrar a la cambra, només vaig tenir ulls per a ell.

Vaja, qui ho havia de dir! Era el calb, suós, gras i malgirbat Nicanor Toledo.

7

Muts i a la gàbia

De seguida vaig veure el Carles Sistax, estirat al llit i amb la cama dreta enguixada des del maluc. Tal com jo l'havia imaginat, ample d'espatlles, vigorós, amb aquella mirada intensa que transmetia una energia molt estimulant. Resultava evident que era una d'aquelles persones que no saben estar-se sense fer res: sobre la tauleta de nit tenia un escaquer dibuixat amb retolador en un foli. I s'estava fent les peces del joc amb plastilina.

El primer que vaig pensar va ser «És un dels dolents! Si el seu advocat és aquesta bèstia, vol dir que estan al mateix bàndol». Aquest supòsit, però, implicaria que la Pili també estava a l'altra banda de la frontera, que el Carles l'havia enredat fins al punt de fer-la còmplice d'un robatori de setanta-cinc milions de peles. No, no ho podia creure: era massa enredada. I doncs, què? Que la Pili havia actuat de mala fe? No, no podia ser de cap de les maneres. Una altra possibilitat era que tots aquests fossin els bons i que jo no hagués interpretat correctament la benvolença del senyor Toledo quan em va agafar pel coll i em va encastar contra la paret. No: ni enredada ni de mala fe ni el senyor Toledo era una bellíssima persona. Em vaig refermar en les meves suposicions anteriors: el Carles i la Pili havien robat els diners perquè no es refiaven del senyor Trevor Bishop. I la presència del Nicanor Toledo en aquella cambra d'hospital era una intromissió, una amenaça. «Jo seré el teu advocat i no em separaré del teu costat. Si no m'admets, la Pili ho pagarà car. Si dius a la policia que tenim segrestada la Pili, una trucadeta de mòbil farà que ho pagui molt car. I ara, a veure què dius, que et vigilo.»

Vaig fer totes aquestes reflexions en cosa d'un segon, que té mèrit, eh? El segon següent, el Nicanor Toledo increpava el comissari sense treure'm la vista de sobre:

—Què hi fan, aquí? Ja li he dit que el Carles no vol parlar. S'acull al dret de no fer declaracions.

—Aquest noi és germà de la noia que l'acompanyava. Potser el Carles vol parlar amb ell. Si no vol, ens en anem.

Al senyor Toledo, no cal dir-ho, l'incomodava molt veure'm allà. Em va fer l'efecte que es penedia de no haver fet més pressió quan em tenia agafat pel coll.

—Vostè se'n refia, del que diu aquest noi? —li va dir al comissari, marcant les síl·labes, com si escopís verí—. No sé si ho sap, però ha estat ajudant una delinqüent juvenil que s'ha escapat de casa seva. Bruna, es diu, i em sembla que és de Menorca. Ens va robar! Va entrar a la nostra cabina del tren, ens va obrir les maletes i ens va robar! —Jo, és clar, cara de pòquer. Acusar la gent de robatori semblava un costum força arrelat en aquell home. Continuava—: No deu tenir més de catorze anys. Segur que tenen la denúncia de la seva família a comissaria. Busqui-la. Només haurà de teclejar el nom a l'ordinador. No poden haver-hi gaires noies escapades de casa que es diguin així.

—I vostè com ho sap, això? —li va preguntar el comissari—. Que es coneixen?

—Per desgràcia, sí —va dir l'advocat—. Aquest noi ha estat interferint en el cas i en la meva feina.

—Però això que diu de la noia que s'ha escapat de casa...

—Ho sé, i prou. Vostè busqui la denúncia i la trobarà.

El comissari es va tombar cap a mi:

—És veritat?

—No —vaig mentir, en defensa pròpia i aliena (de la Bruna). I vaig aclarir—: Que ho demostri. És la seva paraula contra la meva.

Per primera vegada, em vaig alegrar d'haver-me barallat amb la Bruna. Si hagués estat amb mi en aquell moment, hauríem acabat tots dos a comissaria, i no precisament de visita.

Mentrestant, el Carles m'afusellava amb un somriure carregat de segones intencions i als seus ulls esclatava una espurna d'avís. Com si em demanés auxili, com si digués «T'estava esperant!», com si ho celebrés, «Ja estem salvats!».

—Com has arribat fins aquí? —va preguntar, mentre el Toledo discutia amb el comissari, dient-li que com podia demostrar jo que era germà de l'amiga del Carles si el Carles no havia donat el nom de la seva amiga.

—Vaig parlar amb l'amiga Mesamiga —vaig dir. El Toledo, a prop meu, va cridar: «No coneix cap Pili, no sap res de res!»—. Ella em va adreçar a l'ONG...

Vaig copsar (o intuir, no ho sé) que al Carles li havia agradat que fes esment de l'amiga Mesamiga. Tot modelant amb els dits un tros de plastilina, va dir:

—Ets tan bo com diu la Pipi Calcesllargues, eh?

—Qui és la Pipi Calcesllargues? —va intervenir el Toledo, molt neguitós.

—És la Pili —vaig explicar-li, perquè el Carles sabés que l'havia entès. Començàvem a comunicar-nos en clau—. La meva germana. Li diuen així els de la colla...

—Ell no coneix cap Pili! Ell no sap res de res! —El senyor Toledo donava mostres d'agitació. Amenaçava el Carles amb el dit ben estirat—: No diguis res! No coneixes ningú! Ja saps el que hi ha en joc! —I feia comèdia, de cara a l'inspector—: T'incriminiràs! Dimitiré i t'hauràs de buscar un altre advocat!

—Tranquil, Nicanor! No diré res que em pugui comprometre, però no li puc negar al meu cunyat que ens coneguem! I el vull tranquil·litzar!

—Només vull saber què li ha passat a la meva germana —vaig dir.

—Què és, exactament, el que hi ha en joc, senyor Toledo? —va preguntar el comissari Campuzano al mateix temps.

La intervenció del policia va permetre que el Carles es dirigís a mi amb impunitat i parlant molt seriosament.

—La Pili està bé, noi. Vam saltar del tren tots dos junts i ella es va trencar una cama...

—Es va trencar una cama? —jo.

—Que callis, t'he dit! —el Nicanor Toledo.

—Està en bona companyia —insistia el Carles. I jo l'hi vaig agrair—. El qui està amb ella és metge. L'està curant. —Es va girar cap a l'advocat—: I ja està! Ja no li dic res més!

—Una altra cosa! —vaig demanar—. La Pili no va tenir res a veure amb el robatori, oi? —Em vaig explicar, per apaivagar la fúria del Toledo—: No vull saber res del que va fer el Carles, ni per què ho va fer, ni què hi va guanyar ni on són els setanta-cinc milions!

En sentir parlar dels diners, el Toledo es va posar fet una fúria.

—Calla! —li va exigir al Carles. I, per justificar-se—: No hi ha milions! No hi ha robatori! No hi ha botí amagat! Tu ets innocent!

—No hi ha botí —li va seguir el corrent el Carles. Seguia donant forma a la peça d'escacs que tenia a les mans, però em mirava intensament a mi—. No hi ha premi. El peó arriba al final... i no es fa dama. —Per demostrar-ho, em va mostrar la peça que havia treballat. Era una dama, i li havia quedat molt bé. Però ell no semblava satisfet, i la va partir pel mig. I després em va mirar directament i em va somriure, com si digués: «T'hi has fixat bé en el que acabo de fer?»—. Les dames són dues peces.

—Prou de dir bestieses...! —El Toledo perdia els estreps—. Una paraula més i...!

El comissari Campuzano es mirava el Carles com si li volgués fer una radiografia del cervell. També ell havia captat l'intent de missatge. Com jo, es devia estar fent preguntes sense resposta. Què havia volgut dir? Segur que parlava de l'amagatall dels diners! Les dames són dues peces?

Vaig mirar d'imposar-me als crits del Nicanor:

—Jo només vull poder dir als pares que la Pili està bé i que no és una lladre!

—La Pipi, vols dir —em va corregir el Carles, amb un somriure que volia dir moltíssimes coses. Els noms eren importants, en aquella conversa—. No ho és —va dir el Carles, molt serè—. T'ho prometo.

—I ara prou, eh? —va xisclar el Toledo—. Prou!

—Podem parlar de la seva salut? —vaig demanar amb ironia.

—No!

—Estigues tranquil, noi. Tindràs nebots, t'ho garanteixo. I es diran Sistax, així, amb ics. Saps el perquè de la ics?

—Tant li fa el perquè de la ics! —va intervenir el Toledo.

—Vinga, advocat! No sigui paranoic! Només estem parlant de noms! No parlem d'ONG, ni de Somàlia, ni de negrets amb còlera! Només parlem de noms! —M'agradava molt aquell xicot, que era capaç d'endinyar quatre crits ben donats a l'ogre de la història. Es va dirigir a mi i va dir, tan tranquil—: Originàriament, érem Sistachs, però un funcionari analfabet, fa anys, va fer prevaldre el seu analfabetisme sobre tota la tradició familiar. Li va dir al meu avi, a l'hora de fer-li el carnet d'identitat: «Oi que es pronuncia Sistacs? Doncs s'escriu Sistax! Si no, seria Sistatx!» Ganes de tocar el que no sona. —S'esllanguia el tema. I jo no sabia com allargar-lo! El Carles va salvar la situació—: I, parlant de noms, saps com et diríem, a tu, si estiguessis a la colla? Et diríem el «Fatibombi».

—Ah, sí? —No ho entenia. Jo mai no he estat gras—. Per què?

—Perquè a les pel·lícules, als detectius que s'ho creuen massa sempre els desinflen a ganivetades!

Amb allò, em volia dir alguna cosa molt important, però què?

—Ah —vaig fer, sense alè. I com que el Carles es va posar a riure, vaig riure també, amb un «cla-cla-cla» més fals que un Goya pintat amb Titanlux.

—Vinga, prou. Fora d'aquí —va intervenir el Nicanor Toledo.

I ja no hi havia motiu per restar més temps allà. Vaig mirar el comissari Campuzano, per veure si em donava un cop de mà, però precisament havia ficat la mà en un gerro i ara no la podia treure.

—Anem? —vaig dir, desitjant que em digués que no.

—Anem, sí, d'acord, anem...

Va trencar el gerro, va empènyer els trossos cap a sota el llit amb el peu i, per fi, anàvem a sortir quan el Carles em va cridar:

—Ei, Fatibombi! Oi que t'agradava molt jugar als escacs?

D'on ho treia, allò? Sóc el pitjor perdedor als escacs de tota l'escola. Sóc incapaç de guanyar quan jugo als escacs, i sóc incapaç d'acceptar un escac i mat amb esportivitat.

—Bé, sí... —li vaig concedir, identificat amb el Karpov—. Bé, moc fusta. Faig el que puc.

—Doncs té... Aquest llibre t'agradarà. Ho explica tot: des del valor de les peces fins a les estratègies més avançades.

Va agafar un llibre tot rebregat que hi havia sobre la tauleta de nit i me'l va llançar enlaire. El vaig entomar.

—Un moment, un moment! —se'm va abraonar el Toledo, i jo em vaig encongir, recordant la seva manassa al coll—. Porta aquí aquest llibre!

—Però què li passa, advocat? —va dir el Carles—. Només és un llibre d'escacs... —El Toledo me l'havia arrabassat de les mans i el fullejava amb un frenesí inexplicable. De la primera a l'última pàgina, a tota velocitat, però amb intensitat d'escàner d'alta resolució. I el Carles va continuar, sorneguer—: No troba molt sospitós el comportament d'aquest advocat, senyor comissari? No el troba més sospitós que el meu?

El Nicanor Toledo el va fulminar amb una llambregada. Sense mirar-me, em va tornar el llibre, amb un gest despectiu que volia dir «Tant és! Esteu a les meves mans i estaríeu a les meves mans encara que haguéssiu dit a crits tot el que sabeu de mi!». Em va semblar que estava a punt d'escanyar el Carles, que ni tan sols es dignava a mirar-se'l.

—Tu ja saps el que t'hi jugues, Carles Sistax! I ets tu qui te la jugues, no jo! Vés jugant, vés jugant! —Ara sí que m'incloïa en la seva amenaça—: Aneu jugant als escacs i veureu amb què us trobeu!

Feia cara de boig i vaig témer per la meva germana. Vaig sortir de la cambra i gairebé em vaig penedir d'endur-me el llibre. Si allà hi havia una clau, si allò em deia on estava amagada la Pili i jo feia alguna cosa i ficava la pota, posaria en perill la vida de la meva germana.

A l'ascensor, tot i saber que el comissari (que, concentrat a vigilar-me, es va equivocar i va prémer l'alarma en lloc del botó de la planta baixa) m'observava, vaig obrir el llibre i el vaig fullejar. Es deia *Mou peces amb seny* i l'autor era Italo Boldoni. Dins, t'ensenyaven el nom de les peces dels escacs, el seu valor i com les havies de moure, com es feia l'enroc, diferents obertures i defenses i a elaborar estratègies. El llibre s'obria sol pel capítol titulat «Taules famoses», com si allò fos el que més interessava al Carles. Un tauler i la reproducció de la partida que van fer J. Cuadras i F. Alonso al campionat d'Espanya celebrat a Zamora el 1996. El nòvio de la meva germana havia guixat amb bolígraf gairebé totes les peces, i l'aspecte que oferia l'escaquer al llibre era aquest:

Tractava de dir-me alguna cosa, amb allò? ¿Un escac i mat al rei blanc? Sóc fatal, jugant als escacs. El Carles s'havia equivocat en suposar que era bo i jo m'havia equivocat en fer-me el setciències. «Taules famoses.» Per si era poc difícil, aquelles peces ratllades. Allò devia voler dir que eren peces mortes en el combat? No, perquè també estava ratllat el rei negre, i si estava ratllat el rei negre, volia dir que s'havia acabat la partida.

—Molt intel·ligents, vosaltres dos —va dir el comissari Campuzano. Me'l vaig mirar per veure si em prenia el pèl. Semblava que no. Va aclarir—: T'ha estat passant missatges en clau, oi?

Jo també tenia aquesta sensació. Hi havia una emissió en l'aire. Malauradament, la meva antena s'havia fet malbé.

—Em sembla que no tenia res a dir-me. O jo no tenia res a sentir.

—T'acompanyo —es va oferir el poli, i em va indicar que entrés al seu cotxe atrotinat.

—No, gràcies. M'estimo més anar amb metro.

Volia estar sol. Ell va dubtar. Un moment, només. Va empetitir els ulls i es va preguntar què era el que jo li amagava, però finalment es va donar per vençut. En ficar-se al cotxe, es va clavar un cop al cap. Jo ja m'allunyava quan em va cridar:

—Ei, noi, Anguera! —Em vaig tombar. No sé per què, vaig tenir por que hagués tret l'entrellat de l'enigma abans que jo—. Això que ha dit dels detectius... que sempre els acabaven clavant un ganivet... per què ho ha dit? T'estava amenaçant?

Estava posant el dit a la nafra. A mi també m'havia semblat que aquella frase era molt important.

—No. M'estava avisant que no em fiqui en embolics perquè puc acabar malament. De tant en tant, jugo a fer de detectiu, sap? Ajudo els meus companys de classe, no ho sé, busco coses perdudes, coses així... I més d'una vegada m'he trobat en situacions perilloses...

—Ah... —Estava pensarós. I em va semblar que era molt llest, molt, i que estava a punt de trobar la solució del problema—. I allò que eres molt bo? Com ho ha dit? «Ets tan bo com diu la Pipi Calcesllargues?»... Es referia a fer de detectiu o al joc dels escacs?

—Es devia referir a ser detectiu, perquè amb els escacs sóc molt dolent.

—I allò de les dames, que són dues peces... Estava parlant del botí, dels setanta-cinc milions...

—Vostè ho ha entès? —li vaig tornar la pregunta.

Es va arronsar d'espatlles. M'hauria fet més preguntes però no se n'hi acudia cap. Va fer un cop de cap i va dedicar l'atenció en exclusiva al volant del cotxe, com si mai no hagués vist un quadre de comandament tan sofisticat com aquell.

Em vaig ficar per la boca de metro d'O'Donnell, la primera que vaig trobar, però, de moment, vaig ser incapaç de comprar un bitllet, de preguntar quina línia havia d'agafar o de consultar algun dels plànols de la paret. Perquè estava pensant, pensant, i no tenia cap per a res més.

El Carles no havia dit que als detectius sempre els acabaven clavant un ganivet. Havia sigut una afirmació més complicada. Que a la colla em dirien Fatibombi perquè als detectius sempre els desinflen a ganivetades. Per què ho havia dit, això? Per què ho havia dit així? Repetia la frase mentalment, fins i tot permetia que em vingués als llavis, que se'm moguessin els llavis a poc a poc. I les paraules s'esmicolaven i formaven síl·labes. «Els des-in-flen-a-ga-ni-ve-ta-des... Flen-a-ga-ni...» Pronunciеu la *e* a la manera dels barcelonins i tindreu: *Flan-a-gan*... Tot d'una hi vaig caure. És clar! En cap moment no m'havia dit Flanagan, el Carles! En canvi, no havia parat de parlar de noms canviats. La Pili era la Pipi Calcesllargues, el cognom Sistachs convertit en Sistax i a mi mateix em deia d'una altra manera! *Fatibombi!*

Ara, en veure-ho tot escrit, em sembla molt senzilla, la solució del trencaclosques. Suposo que a vosaltres també us deu semblar elemental, però en aquell moment vaig tenir la sensació d'haver fet el cim més meritori de la meva vida. De cop i volta, ja em vaig veure amb cor de comprar bitllet i d'informar-me sobre com arribar fins a la plaça de Neptú. Estava tan eufòric que em va fer molta gràcia descobrir que els metros a Madrid circulen per l'esquerra. Tothom mirant cap a un cantó i jo, com un babau, esperant-lo per l'altre. I, tot d'una, l'ensurt del comboi que m'ataca per l'esquena. Tothom em mirava perquè jo anava rient sol.

L'alegria pel descobriment va augmentar el meu amor cap a la humanitat en general i els pobres nens famèlics de Somàlia en particular. Un cop resolt (o a punt de resoldre) el problema que més m'angoixava, ja em veia capaç fins i tot de recuperar els cinc-cents mil dòlars i lliurar-los personalment als representants del senyor de la guerra. Fins i tot em vaig fer el propòsit de convèncer-los perquè no marxessin de l'hotel.

Amb aquesta filosofia i amb aquesta empenta, vaig entrar de nou al vestíbul de l'hotel Palace. Estava tan eufòric, que no em va afectar la mirada entre humiliada i entravessada del recepcionista, que no s'atrevia a aturar-me sabent com sabia que era amic personal del senyor Bishop. Aquell home vivia les meves entrades a l'hotel com un ultratge personal.

Trepitjant ferm i fent gala d'un aplom a tota prova, ignorant les mirades impertinents dels qui se sentien envaïts, vaig travessar el vestíbul com si fos un més d'aquells personatges distingidíssims i elegantíssims que hi pul·lulaven. Només em vaig deturar en topar el Toribio.

—Han arribat més ecologistes —em va engegar així que vaig ser al seu costat.

—Ecologistes? Els de l'ONG, vols dir?

—Un amb cabells negres i ble de color blanc —el Roc Alano— i un vell i panxut, amb bigotis —el Gerard Rey.

—I els somalis? Han marxat, ja?

—No. Els somalis estan dinant. Però no t'amoïnis, que tot està controlat. —Què volia dir amb allò de «tot està controlat»?—. Són al menjador de la cúpula. A l'ambigú. —Jo ja em posava en moviment—. No, espera, no hi vagis! —Jo continuava caminant de pressa. Tenia la sensació que si m'entretenia gaire temps al vestíbul i distraient un grum de la seva feina, algú vindria a fer-me fora. El Toribio em venia al darrere.

—Sí! Aprofitaré que són fora de la seva habitació per parlar amb ells...

—No, no cal...! —deia el Toribio.

—Sí que cal! Si s'esperen fins demà, només fins demà, els podré tornar els diners! —m'explicava, com donant per fet que el Toribio sabria de què li parlava.

Aleshores, vaig arribar al menjador.

No calia preguntar qui eren els somalis. En una de les taules de la perifèria de la cúpula, destacaven amb una negror profunda que contrastava amb la blancor lluminosa de les seves camises. No estaven sols, però.

La Bruna era amb ells. Sí, sí, la pèl-roja d'ulls verds. Em va costar un moment reconèixer-la, perquè ara anava molt més elegant que al tren. Duia un vestit jaqueta negre, brusa de seda també negra i sabates de mig tacó. Res especialment luxós, però sí suficient per merèixer l'aprovació del recepcionista. Anava com disfressada de senyora, la qual cosa donava una pinzellada perversa al seu atractiu. Una pinzellada especialment perversa si, com jo, deduïes a l'instant d'on havia tret aquell conjunt.

Ara mateix s'asseia a la taula del africans, i parlava amb ells animadament, i els dos somalis se la miraven amb uns ulls com taronges. Sobretot, el que duia ulleres.

8

Els senyors de la guerra

No sé com m'imaginava que serien els representants dels senyors de la guerra. Potser me'ls feia vestits amb pells de lleopard o amb roba de camuflatge o amb túniques virolades, no ho sé, però segur que no d'aquella manera, amb jaquetes de xeviot o de franel·la, camises blanques, corbates discretes i sabates brillants com el xarol.

Estaven menjant les postres. Gelat i macedònia. L'un, que després vaig saber que es deia Abdul, portava ulleres d'intel·lectual, tenia cara de bon noi i es mirava la pèlroja amb les celles alçades i la boca entreoberta. «Qui és, què vol, què està dient?» Jo també sentia molta curiositat per saber què els estava dient. L'altre era més alt i cepat i tenia una aparença més primària. De moment, em va fer por que es posés dret i ventés un cop de puny a la noia. A aquest li deien Qazur, que és la paraula àrab d'on deriva la paraula castellana *cazurro*. I la Bruna, parla que parlaràs, ara discutint el que li volia objectar l'Abdul, amb un entusiasme que em feia posar gelós.

—No t'amoïnis, Flanagan —va dir el Toribio per damunt de la meva espatlla, amb un xiuxiueig apaivagador—. La Bruna ja m'ho ha explicat tot.

Se'm va encendre un interrogant de neó. Havia estat a punt de suposar que les meves trobades amb la pèl-roja no havien estat casuals, estava a punt de preguntar-me quin paper jugava la noia en tota la conspiració, i les paraules del cambrer em van reconciliar amb el món.

—Què t'ha explicat?

—Que treballeu per a la mateixa ONG i que heu d'impedir que els negres se'n vagin de l'hotel per poder donar-los un maletí ple de bitllets que tu estàs buscant...

—Jo, parat. Molt ben resumit. Però la Bruna i jo «treballàvem per a la mateixa ONG?». La Bruna? La mateixa Bruna que m'havia engegat a la merda?—. Però tranqui, col·lega, que ja els està convencent que es quedin. Aquesta noia és una meravella...

Per la cara que feia l'Abdul, jo no hauria dit que ningú l'estigués convencent de res. I el Qazur semblava que tot d'una s'estava avorrint, com si experimentés una mena de desassossec que el feia mirar al seu voltant buscant una escapatòria, o un cambrer sol·lícit, o la porta d'un lavabo. No em van agradar els seus ulls enrogits i amenaçadors. Feien por. Em va semblar que es clavaven en mi, i per esquivar-los, se me'n va anar la vista cap a una taula rodona del racó, on vaig descobrir, agrupats, els quatre membres de l'ONG que es deia ONG. La Maricarme Valls, el Trevor Bishop, el Roc Alano l'*Aventurer* i el Gerard Rey del bigoti de morsa. Amb més o menys prudència, tots estaven pendents de la taula dels somalis.

A la Valls se la veia molt nerviosa. L'Aventurer, en canvi, es mostrava massa tranquil, com absent, com si el divertís aquella situació.

Tot d'una, la Maica no es va poder aguantar més, es va aixecar de la cadira i va cobrir la distància que la separava de la taula dels somalis. El Trevor Bishop es va queixar, «Maica, no ho facis, dona!», el Roc va fer un gest exasperat de «No fotem!». El Gerard bevia whisky, indiferent a tot. M'hi vaig atansar.

—Escoltin... —vaig dir.

El Roc Alano estava parlant, amb displicència:

—Només faltava això. Que els deixi en pau! Ja han dit que se'n van, no? Doncs deixem que se'n vagin!

—Si em deixen a mi... —vaig provar, després d'empassar saliva.

—No et deixem res, noi —em va tallar, groller, l'Aventurer, el dels cabells negres i el ble de color blanc. I va continuar, mirant-me a mi però dirigint-se als altres—. Hem fet tots els possibles i no ens en hem sortit. Bé, doncs, ja està, no passa res... Aprofitem que som aquí per buscar local i personal per a la nostra nova delegació a Madrid...

—Però, escolta, escolta...! —protestava el Gerard, resistint-se a aquell canvi sobtat de tema.

El Trevor va donar suport al Roc:

—Té raó. És el seu país, no? Ells sabran si volen tenir milers de malalts de còlera. —I en un altre to, més assenyat i convincent—: Ho hem parlat mil vegades. Una cosa són les accions humanitàries i una altra les urgències. Tothom es pensa que les ONG som bombers apagafocs...

—Però era l'oportunitat que teníem... —s'hi va resistir, gemegaire, el Gerard, penjat del got de whisky—. Feia molt que la central no ens confiava cap missió important...

Jo insistia a ficar-hi cullerada:

—Potser és prematur donar-se per vençuts...

El Trevor no em podia escoltar. Tenia coses massa importants per dir.

—Han confiat en nosaltres perquè els somalis van voler fer l'entrevista aquí, a Madrid, perquè a Ginebra hi ha els representants de l'altre senyor de la guerra, del seu enemic! Hem de fer entendre als de la central que les emergències costen massa diners i massa recursos. Hem d'actuar sense planificació, a corre-cuita, i aleshores passen coses així, es perden trameses d'ajut humanitari, ens extorsionen, hem d'invertir-hi el doble de diners... I tots aquests diners s'haurien pogut fer servir per a d'altres coses. Per al desenvolupament del país...

—¿Estan dient que renuncien als setanta-cinc milions de peles que han desaparegut? —vaig exclamar tot d'una. I els tres presents em van mirar.

La Maricarme Valls tornava a la taula amb expressió de fracàs.

—És inútil... Què passa? Ah, mira, el Flanagan!

I jo, indignat:

—La meva germana s'ha jugat la vida per aquests diners! S'ha trencat una cama, la tenen segrestada i no sé què li deuen estar fent, i tot pels seus setanta-cinc milions, i vostès s'estan aquí, tan tranquils, renunciant a tot??

—No et cansis, noi —va dir la Maricarme—. L'he acabada de vessar. M'han engegat a dida i diuen que se'n van de seguida. —Es va justificar, deprimida—: Havia de fer un últim intent.

Aleshores em vaig adonar que el Qazur ja no era a la taula. Havia deixat sola la Bruna, que no parava de parlar, i l'Abdul, que li replicava amb energia. També se'm va fer evident que la Bruna havia descobert la meva presència i que, des de fora del menjador, el Toribio em feia senyals desesperadament.

Alarma. Passava alguna cosa. Sense acomiadar-me dels de l'ONG, vaig córrer cap a on era el Toribio.

—Que se'n van! —em va dir—. Ja han demanat un empleat perquè els baixi les maletes!

Podria haver-li dit que ho deixés córrer. Si els de l'ONG no s'amoïnaven pels seus diners, jo tampoc no havia de fer-me mala sang. Però en aquell moment la Bruna passava pel meu costat sense mirar-me. Es dirigia cap a un racó que no era visible des de la taula dels somalis. Duia el braç dret estirat i enganxat al cos i movia els dits de manera peremptòria, demanant-me que la seguís.

El Toribio i jo vam córrer a reunir-nos amb ella. La Bruna em va rebre amb un fugaç petó a la boca. En la breu història de la nostra relació, aquest petó venia immediatament a continuació d'un enèrgic «Vés-te'n a la merda!», de manera que no us estranyarà que a mi se'm posés cara de demanar explicacions.

—Ho sento molt. De veritat —em va dir ella—. El tren encara no havia arribat a Alcalá de Henares, que em vaig adonar que m'havia equivocat amb tu. Ja en parlarem més endavant.

Jo no podia deixar de mirar aquell conjunt negre. Segur que li esqueia molt més bé a ella que a la seva legítima propietària.

—Aquest vestit és de la senyora Toledo!

A la Bruna, impacient, se li notava que considerava una pèrdua de temps valuosíssim parlar de detalls sense importància.

—A qui volies que robés? Si et volia ajudar, necessitava roba per poder entrar a aquest hotel. I en tot el tren no hi havia ningú més mereixedor de ser robat que ells, no et sembla? —No em va deixar protestar. Tenia altres coses molt més importants per comunicar-me—: Tot està llest, Flanagan! Ja són nostres! Tinc un pla fantàstic!

—Es pot saber què...?

No hi havia temps de preguntes ni explicacions.

—Escolta'm! Ara figura que he anat al lavabo mentre l'Abdul liquida el compte. Però ja el tinc mig convençut perquè em deixi anar a la seva cambra a dutxar-me...!

—Què?? —vaig fer.

—Què? —va fer el Toribio.

I la Bruna, nerviosa:

—És que se'ns escapen! I encara no he pogut convèncer aquest cap de suro! Només té l'obsessió de comprar armes! Diu que el seu enemic ha rebut una important tramesa d'armes i que ell no es vol quedar enrere. Vol els cinc-cents mil dòlars per comprar-se míssils i tant li fa l'epidèmia!

—I això què té a veure amb prendre una dutxa?

—Bé, el cas és que em fa il·lusió dutxar-me en una cambra del Palace...!

—Ets boja! —m'exasperava jo.

—Impossible! —s'oposava el Toribio.

—I quan m'estigui dutxant, entres tu i dius que ets el meu germà...!

—No, de cap de les maneres! —Volia que quedés clar.

—Impossible —insistia el Toribio.

—Sí, escolteu-me! Ell es trobarà en inferioritat de condicions. És musulmà, saps?, i aquestes coses de gelosia i equívocs els posen molt nerviosos... Tu et presentes, dius que ets el meu germà i que què hi estic fent jo, allà, a la seva cambra de bany...

—I em clava una ganivetada!

—...i no et podrà dir que no a res!

—No, de cap manera; no, de cap manera; no, de cap manera! —deia jo.

—Impossible, impossible, impossible! —deia el Toribio.

—Així m'agrada! —va dir la Bruna.

Em va fer un altre petó, aquest a la punta del nas, i va tornar a la taula de l'Abdul. Jo encara estava repetint que no, que de cap manera, quan el Toribio em va posar la mà a l'espatlla i em va sacsejar.

—No tenim més remei, Flanagan! Hem d'impedir que aquests homes deixin l'habitació!

—Jo no vull impedir res!

—I deixaràs la teva nòvia en mans d'aquests senyors de la guerra?

—No és la meva nòvia! Ningú no li ha demanat que s'hi fiqui!

Però ja sabeu com sóc. Mentre anava dient que no i que no, em vaig trobar dins de l'ascensor i el Toribio m'ensenyava una clau mestra que havia obtingut no sé on.

—Amb això podràs entrar a la cambra del costat de la dels somalis. Hi ha una porta que les comunica. Estigues atent. No cal que la Bruna arribi a dutxar-se. Així que entri a la cambra, pots fer acte de presència i muntar el ciri!

Les portes de l'ascensor s'obrien a uns passadissos tan luxosos que donaven ganes de quedar-s'hi a viure. Làmpades d'antiquari, gerros amb plantes que farien ombra a dos homes. El terra de marbre, lluent i lliscós, semblava acabat de posar i llest per estrenar.

Una mirada a banda i banda. El Toribio va obrir una porta i em va empènyer cap a l'interior d'una cambra de superluxe en penombra. Un luxe diferent, més ranci i històric que el de la casa de la meva amiga Nines o de la torre on l'estimada Martina em va abandonar en pilotes,[5] però Déu n'hi do. Tot d'una em vaig sentir home de món, mirant-me aquell excés de riquesa amb el desdeny de qui està de tornada de tot. El Toribio va obrir amb clau la porta que comunicava les dues habitacions i vam poder espiar l'interior d'una cambra bessona, al centre de la qual hi havia set maletes a punt d'iniciar el viatge, i el Qazur, que acabava de parlar en àrab per telèfon. Vam tancar la porta sense fer cap soroll.

—Se'n van! És que se'n van! —va xiuxiuejar el Toribio—. Hem de fer alguna cosa per retardar la sortida!

Ens miràvem. És tan fàcil dir que s'ha de fer alguna cosa, així, en abstracte...

—Bé... Ja se m'acudirà —vaig dir—. Vés a veure si puja la Bruna.

5. Referències a les meves aventures descrites a *Tots els detectius es diuen Flanagan* i *Flanagan Blues Band.*

Encara no havia acabat de sortir el Toribio al corredor quan ens va horroritzar la veuarra del Qazur en un castellà de paròdia:

—Ei, tu! Que t'emportis les maletes! Vine aquí!

El Toribio, acoquinat:

—Les maletes? Quines maletes? Ah, les maletes... Sí, sí, senyor...

Vaig acudir a la porta que comunicava amb la cambra dels somalis. La vaig obrir a poc a poc. El Qazur assenyalava les set maletes amb l'índex terriblement amenaçador i el Toribio dubtava, com si no n'hagués vist en sa vida, de maletes.

—Les maletes!

—Sí, és clar!

Després de fer un petit bot, el Toribio va agafar dues maletes i va sortir de la cambra. El Qazur es quedava davant del mirall, afluixant-se el nus de la corbata, que li devia estrènyer massa el coll.

Vaig precipitar-me a la porta de la que ja podia anomenar «la meva cambra». El Toribio passava pel davant, portant les dues maletes tan a poc a poc com li era possible.

—Toribio! —vaig xiuxiuejar—. Aquí!

Ens vam entendre de seguida. Em va donar les maletes, vaig tancar de seguida i ell va cridar «Ei, escolti, escolti!», i es va esmunyir escales avall.

Tal com esperàvem, en sentir que el cridaven, el Qazur va sortir al corredor. Jo em vaig introduir a la seva cambra i vaig deixar les maletes al costat de les altres cinc. Les cames em tremolaven, el cor m'esclatava, presoner del costellam, mai no m'havia trobat tan malament. Vaig tornar a la meva cambra i vaig tancar la porta amb molt de compte.

Vaig escoltar atentament. Calma total. Amb tota probabilitat, el Qazur no hauria notat res en tornar a la cambra. Vaig desitjar que arribés la Bruna de seguida. I, automàticament, vaig desitjar que no arribés mai. Què podria fer jo quan em veiés cara a cara amb els dos representants del senyor de la guerra? Encara em veia amb cor de convèncer el de les ulleres, però no el gegantot de la cambra del costat.

El Toribio va fer tres trucs a la porta, que em van provocar un infart, i es va colar dins de la cambra.

—Que la Bruna i l'altre negre no s'aixequen de la taula! Què faig? —Jo no tenia respostes per a una situació tan complicada—. He aconseguit convèncer l'empleat que venia a buscar les maletes perquè no pugi, però no sé què més...

—Doncs vés a veure la Bruna i li dius que el Flanagan l'espera!

—No puc dir-l'hi descaradament, davant de l'altre!

—És clar que sí que pots! Prova-ho!

L'empenyia cap al passadís. I de poc que no ens enxampa el Qazur, que sortia impacient a veure què passava.

—Ei, tu! I les meves maletes? Què n'has fet?

—Les... les he posades a l'ascensor.

—Doncs vine a buscar les altres, no? O penses baixar-les d'una en una? Vinga, vinga!

Vaig anar a espiar, per veure què feia el Toribio per retardar la marxa. Pel badall de la porta que comunicava les dues cambres vaig assistir a les maniobres del cambrer tot fent veure que volia agafar les set maletes alhora. Feia pensar que, d'un moment a l'altre, començaria a llançar-les a l'aire, com un malabarista, per anar-les entomant abans que no caiguessin a terra.

El Qazur s'estava mosquejant. Arrufava les celles, se li posaven els ulls paranoics. Comptava les maletes i no li sortien els números. Que no n'hi havia set, de maletes? Que no se n'havia emportat dues, ja, el cambrer?

Què feia la Bruna, que no venia? Doncs la Bruna (m'ho va explicar després) estava petrificada davant d'un Abdul que parlava un correcte castellà i gairebé l'estava convencent:

—...Tant els anglesos com els italians, quan van colonitzar la nostra terra, ens van dominar de manera tirànica, dictatorial! Ells eren demòcrates i civilitzats al seu país, però a les colònies eren els dictadors més ferotges, esclavistes, arbitraris, defensors de la injustícia i lladres, que ens prenien, i ens prenen encara, tota la riquesa de les nostres terres. Per això ara a gran part de l'Àfrica hi regnen tirans. Perquè no ens van ensenyar a fer-ho d'una altra manera. Perquè, quan es van enretirar *generosament*, van entronitzar tirans corruptes per poder dominar-los a distància i continuar aprofitant-se de les riqueses del país i, a més, poder-se fer els bons de la pel·lícula!

—Abdul, sisplau! —el va tallar la Bruna amb un crit—. Només volem que rebeu medicaments per valor de cinc-cents mil dòlars, perquè tota aquella gent no arribi a morir del còlera! Només vull això! Se me'n fot la política colonial d'Anglaterra!

Però l'Abdul no afluixava.

—Quan vam assolir la independència, durant la guerra freda, el nostre dictador va ser el primer de l'Àfrica a posar-se de banda dels soviètics! I saps què va passar? Que vam entrar en guerra amb Etiòpia, els nostres veïns, i com que als soviètics els interessava més estar bé amb Etiòpia, van passar de nosaltres, els van ajudar a ells, i entre uns i altres ens van esclafar! Després els americans i d'altres occidentals van venir a fer inversions al nostre país, però quan es va acabar la guerra freda, també els vam deixar d'interessar i ens van abandonar, amb una mà al davant i l'altra al darrere!

A dalt, finalment, el Toribio va acceptar que no podia carregar les set maletes al mateix temps i en va agafar una amb cada mà i en va subjectar una sota cada braç. Quatre.

Vaig córrer cap a la porta que s'obria al corredor. Així que la vaig obrir, el Toribio em va llençar dues de les maletes, fent-les lliscar pel terra encerat. Primer una, després l'altra.

La veu del Qazur ens va paralitzar:

—Ei, noi!

Vaig tancar la porta. Amb les dues maletes, vaig passar a l'habitació dels africans, i vaig dipositar-les al costat de les altres tres. Em recordava d'aquella pel·lícula dels germans Marx.

Al corredor, el Qazur i el Toribio mantenien, si fa no fa, aquesta conversa:

—Les maletes! —deia el somali.

—Quines maletes? —el Toribio, fent-se l'orni.

—Quantes maletes has agafat?

—Dues... —com qui diu «Que no ho has vist?».

—Quatre!

El Qazur va agafar el Toribio per la màniga i el va arrossegar cap a l'habitació.

Allà els esperaven cinc maletes. I dues que hi havia a fora, set. El Qazur va tancar els ulls i els va tornar a obrir. Va obrir la boca però no va dir res. Semblava un peix fora de l'aigua.

—Doncs agafa'n dues més! —va ordenar, després de reprimir algun altre exabrupte.

El Toribio en va agafar dues més. Van sortir plegats de l'habitació. Jo anava d'una porta a l'altra per controlar-los. Els vaig veure davant de l'ascensor, esperant. El Toribio, quiet i dret com una estàtua, amb les quatre maletes. El Qazur no el perdia de vista, com si esperés un número de prestidigitació i volgués descobrir la trampa.

I la Bruna que no venia! *Es podia saber què estava fent??*

Ara, s'estava assabentant que un avi de l'Abdul havia sigut anglès, descendent de terratinent, casat amb una somali i propietari de moltes terres fèrtils al nord del país. L'Abdul havia estudiat a les universitats de Cambridge i d'Alcalá de Henares. Ell era fora del país durant el cop d'estat de 1991 contra Ziyad Barre, a conseqüència del qual els van arrabassar totes les terres i propietats de la família. Ell havia tornat i s'havia unit al seu senyor de la guerra per recuperar el que era seu.

—El que és teu? —va fer la Bruna—. Vols dir les teves terres... o bé el teu país?

—Tant per a una cosa com per a l'altra, necessitem armes com les que tenen els nostres enemics!

—Doncs t'estic oferint cinc-cents mil dòlars perquè te'ls gastis en allò que vulguis!

—No tens cinc-cents mil dòlars!

—Què t'hi jugues?

Desesperat, em vaig colar a la cambra dels somalis. El comandament del televisor estava ben a la vista. El vaig connectar i vaig augmentar el volum al màxim de potència. I abans de tornar al meu refugi vaig tenir una inspiració i vaig agafar dues maletes, de les tres que quedaven allà.

En sentir, dins de la cambra, el xivarri delirant que feia una tertúlia de sobretaula, el Qazur es va precipitar a l'interior per veure què hi passava. Aleshores, jo ja havia obert la porta de la meva cambra i el Toribio m'enviava un altre cop dues de les seves maletes lliscant pel terra brillant i encerat. El Qazur va apagar el televisor i, en tombar-se per tornar al corredor, va descobrir que només hi havia una maleta!

Va emetre un crit, una mena de crit animal. Una maleta! Una maleta i quatre a fora eren cinc! En faltaven dues!

Embogit, va sortir al passadís. L'ascensor havia arribat i el Toribio només tenia dues maletes! Dues maletes i una a dins, feien tres! En faltaven quatre!

—I les maletes?? —va exclamar, ferotge.

—Aquí —va quequejar el Toribio, mostrant-li dues maletes, només dues.

—Quantes n'hi ha, aquí? —El Qazur se'n volia assegurar.

—Dues —li va confirmar el Toribio.

—N'hi havia quatre!

—No. Només dues.

—Vine cap aquí!

Però a la cambra ja no n'hi havia cap. Mentrestant, jo m'havia endut l'última.

—No n'hi ha cap! —marranejava el Qazur, forassenyat—. No n'hi ha cap!

—És que ja les he tretes totes —apuntava el Toribio, tímidament—. Són a fora.

—No són a fora! Venim de fora i a fora només n'hi havia dues!

—N'hi havia set —insistia el Toribio, molt poc convincent.

—*N'hi havia dues!*

—P-pot-ser és que no ens entenem... —El Toribio va tenir una d'aquelles idees forassenyades provocades pel pànic—: Com que veig que vostè no parla gaire bé el meu idioma... —va dir, i, molt didàctic, es va posar a ensenyar-li a comptar en castellà. Aixecava un dit—: Una. Uuu-na. —N'aixecava dos—: Dues. Duuu-es...

El Qazur va fer un bram i el Toribio va tenir una reacció de pànic. Va deixar anar les maletes, va fer mitja volta i va sortir corrents. El somali li va anar al darrere, enfurismat, dient «Torna aquí! Torna aquí!» en castellà, somali, italià i anglès.

Jo també vaig tenir una reacció de pànic. Potser havíem anat massa lluny. Vaig decidir de col·locar totes les maletes a lloc per donar una aparença d'aquí no ha passat res. Així, si el Qazur tornava agafant el Toribio d'una orella, o si venien acompanyats d'un alt càrrec de l'hotel, el meu amic cambrer podria negar-ho tot i el decorat li donaria la raó.

Vaig irrompre un cop més en territori enemic amb cinc maletes i les vaig deixar tal com estaven al començament de tota la peripècia. Set maletetes intactes. Aquí no ha passat res.

Com que havia sentit corredisses passadís enllà, em vaig confiar. O potser és que el perill va arribar silenciosament. El cas és que quan vaig sentir la clau al pany de la porta, vaig comprendre que ja no era a temps d'amagar-me. No podia córrer fins a l'altra porta, obrir-la, esmunyir-m'hi i tancar-la abans que el nouvingut entrés i em veiés.

Ho vaig fer, però. Un salt, una porta, pim-pam, tancar-la i salvat! Ja m'havia ficat dins de la cambra de bany! Oh, no!

I a l'altra banda de la porta, la veu de la Bruna, en castellà:

—Sisplau, deixeu-me que em banyi!

Però no li feien cas. Per damunt de la seva veu, va esclatar l'alarit forassenyat del Qazur. Ell i l'Abdul van mantenir una breu conversa en àrab, i jo no sé parlar l'àrab, però tinc prou imaginació per comprendre de què anava la conversa.

—Ah!

—Què et passa?

—Les maletes!

—Què passa amb les maletes?

—Que són aquí!

—I on volies que fossin?

—No hi eren! Havien desaparegut!

—Què vol dir «desaparegut»?

—Fiiuu! Així, com un xiulet! Fiuu! Desaparegut!

—T'he dit que no beguessis vi, amb el dinar!

—No n'he begut gens, de vi!

—Ah, no? T'enxampo perseguint un cambrer escales avall...

—Ni una gota!

—Dius que han desaparegut les maletes...!

I, aprofitant els excessos de la meva imaginació desfermada, diguem també que el Qazur, de sobte, va tenir una inspiració i ho va entendre tot de cop. És clar, tot aquell disbarat només podia tenir un sentit! Maletes amunt, maletes avall, i mentre ell no les controlava... Es va posar a obrir maletes com boig, i va escampar-ne el contingut per tota l'habitació.

—Però què fas? —L'Abdul.

—Ens han robat! Ens han buidat les maletes!

—Però si estan plenes, que no ho veus?

—Doncs ens les han omplert!

—Quèèèèè?

—Segur que ens han amagat droga per algun lloc, perquè l'ensumin els gossos de la policia de l'aeroport! Perquè ens detinguin! És cosa dels nostres enemics!

—Deixa d'escampar-ho tot! L'avió surt d'aquí a dues hores!

—Jo no em penso moure d'aquí fins a estar segur que a les maletes no hi manca ni hi sobra res!

I, cric-crac, la Bruna que obre la porta de la cambra de bany i entra. Jo ja havia pres la decisió d'amagar-me darrere de la cortina de la banyera. Vaig sentir el frec de la roba i em va fer por que la pèl-roja s'estigués despullant per banyar-se de debò. O, molt pitjor: que s'estigués baixant les calces per fer servir el vàter. De manera que, xiuxiuejant, vaig fer:

—Bruna... Sóc aquí...

—Aaaaaaaaaaaaaaaah!! —va fer ella, amb veu tan aguda que semblava un «Iiiiiiiiiih!!»

Òspita! Els dos somalis trucant a la porta, l'Abdul cridant «Bruna, Bruna! Què passa?», i el Qazur, «Espies! L'hotel és ple d'espies! Hem de sortir d'aquí immediatament!». I jo, com una cafetera o una olla a pressió, «Xxxxxxxxst, Bruna, per favor!», com si pensés que potser encara no l'havien sentit.

Es va descórrer la cortina i em vaig trobar davant de tres mirades al·lucinades. Jo, petrificat, de pasta de moniato. I la Bruna, amb els ulls com ous ferrats.

—El meu germà! —Prodigiosa improvisació—. Però es pot saber què hi fas, aquí? Ja m'estàs controlant? Sempre m'estàs controlant! Però és que no em pots deixar mai en pau???

Jo no sabia què dir ni quina actitud adoptar. «Hola, passava per aquí i...» O «No és aquesta la cambra del Brian Solo? És que en sóc un fan, i em pensava que...». O bé: «Què hi fa, la meva germana, a la teva cambra de bany??» No em sentia amb prou autoritat moral per poder dir una cosa així.

—És el meu germà i m'està espiant —reblava el clau la Bruna—. Sempre m'espia, mai no ha deixat d'espiar-me...!

Van permetre que el Qazur se'm llancés al damunt, m'agafés de la roba i em tragués de la banyera d'una estrebada que em va fer desenganxar els peus de terra. Volant, em vaig trobar a la cambra del costat, a prop de les maletes obertes i del garbuix de roba i andròmines escampades a terra pel Qazur. Volant, em vaig trobar al corredor. I pel camí vaig pensar que tant se me'n donava tot, que em donava per vençut, que ja no sabia a qui era que tractava d'ajudar la Bruna... Vaig ensopegar i vaig anar de cap a un racó. I allà vaig resoldre que jo el que havia de fer era salvar la meva germana i deixar-me estar de bestieses que ni m'anaven ni em venien.

Em vaig posar dret i, mentre recuperava una mica de dignitat, em vaig trobar de cara amb la modestíssima, capcota i acovardida senyora Toledo.

Quan obria la boca per dir-li alguna cosa interessant, vaig sentir una porta i va aparèixer el senyor Nicanor Toledo. Encantat de tornar-me a veure, va agafar la seva dona pel canell i li va clavar una estrebada. No va dir ni una paraula, no calia: només amb la mirada, em recordava que tenia la Pili i que jo no podia fer res contra ell. Va ficar la dona a l'interior de la cambra, va tancar la porta d'un fort cop i vaig sentir que cridava:

—Es pot saber què hi fots, aquí?

Ni tan sols em vaig parar a pensar en el ventall de possibles situacions, totes d'allò més estupendes. Què passaria si, per mala sort, la Bruna amb el vestit de la senyora Toledo es trobaba la senyora Toledo al corredor. O encara que només es trobés amb el sényor Toledo.

Esbufegant, vaig baixar cap al vestíbul, a fer una trucada telefònica. Per una vegada, el recepcionista no em va fer ni cas. Ell també estava molt atrafegat, parlant per telèfon. Segurament, amb els somalis de la 307.

9

Estratègia

Mentre parlava per telèfon, vaig veure passar el Toribio cap a la porta. Vestia una caçadora de niló verd, camisa de quadres, texans i sabatilles de fer esport i portava un casc de motorista a la mà. Havia acabat el seu torn de treball, i se li notava, en la manera de caminar, que es moria de ganes d'allunyar-se de l'hotel. Vaig tallar la comunicació i vaig córrer cap a ell.

—Ei, Toribio!

Va dubtar abans d'aturar-se, però ho va fer. De cua d'ull, jo veia el recepcionista, rere el taulell, penjant el telèfon i tornant-lo a despenjar després de marcar un altre número. Aquell frenesí telefònic em va fer sentir envaït per les presses i per un pressentiment tan indefinit com terrible.

—Ei, Flanagan. I la teva nòvia?

—Quina nòvia?

—La Bruna —va dir ell, amb totes les constants vitals en suspensió.

—La Bruna no és la meva nòvia.

Em va semblar que tenia una mena d'ensurt.

—O sigui que ho deies de debò? La pèl-roja no és la teva nòvia?

Allò li interessava molt. Fins a aquell moment, tenia fixada l'atenció en la porta de l'hotel. Se sentia incòmode allà dins i volia fugir corrents. En sentir que entre la Bruna i jo no hi havia llaços sentimentals, tot va canviar. Es va quedar collat a terra, al meu costat.

—No, no ho és...

Simultàniament, però, jo acabava de descobrir els quatre membres de l'ONG que es deia ONG, que abandonaven el saló de la cúpula policroma. Venien xerrant amb una animació gairebé malaltissa. Havien arribat a conclusions tristes, s'havien resignat al fracàs i ara miraven cap a les escales com si esperessin veure baixar els somalis per posar-se a plorar tots alhora. Venien justificant-se. Que si havien fet tots els possibles, que havien de reconèixer les pròpies limitacions, que havien de protestar a la central de Ginebra perquè els tinguessin en compte més sovint, que l'epidèmia de còlera del nord de Somàlia no era l'única ni la pitjor desgràcia del món en aquells moments.

No comptava que marxessin tan aviat. Em van agafar les presses.

—Necessito que m'acompanyis amb la teva moto —li vaig dir al Toribio, per sorpresa i aclaparat pels remordiments. Quants me n'havia fet, ja, de favors?—. És molt important.

—Que t'acompanyi? A on? —va fer el Toribio, atabalat.

—És importantíssim. A salvar la meva germana, que està segrestada.

—La teva germana està segrestada? —Se li encreuaven els cables, se li fonien els ploms. Jo era la persona amb més problemes que el Toribio havia conegut. Per si fos poc haver de salvar la vida d'una colònia de somalis, a més a més m'havien segrestat la germana. Va dir, atònit—: I res més? Vull dir: no tens cap altre problema? Perquè me'ls diguis tots de cop i no així, per terminis...

—M'acompanyes o no?

—Però m'ho estàs dient de debò?

—M'has d'acompanyar i ha de ser ara mateix o mai, si vull trobar-la. Perquè sense moto no puc fer res.

—Bé... —dubtava.

Jo m'estava posant nerviós. Massa coses per vigilar. El recepcionista seguia fent trucades, i ara, de tant en tant, se li escapava una mirada de biaix cap al lloc on érem. I els de l'ONG s'acomiadaven a la porta. El Trevor Bishop i la Maricarme Valls es quedaven a l'hotel perquè hi estaven allotjats. El Roc Alano i el Gerard Rey sortien cap al carrer. Jo m'impacientava.

—Toribio, sisplau: m'acompanyes o no?

—Explica'm això que la Bruna no és la teva nòvia.

No era el moment. Jo ja estava saltant d'un peu a l'altre. Els de l'ONG s'estrenyien les mans.

—Com vols que t'ho expliqui? Explica'm tu que el recepcionista no és el teu pare. M'acompanyes o no?

El Trevor Bishop i la Maica Valls bescanviaven les últimes paraules. Ella proposava anar a veure uns locals per a la delegació de l'ONG que havien d'obrir aviat a Madrid. Ell deia que estava cansat, que demà. La Maica va decidir pujar a la seva cambra i ell es va estimar més quedar-se al vestíbul a prendre un cafè i llegir el diari.

—D'acord! —es va decidir el Toribio—. T'acompanyaré on vulguis.

—Gràcies! Espera'm a fora, al carrer. Ara torno!

La Maricarme Valls ja era camí de l'ascensor. El Trevor Bishop no sabia cap a on tirar i el va sorprendre la meva presència.

—Senyor Bishop...

—Ah, Flanagan! —Va alçar les celles, com si el divertís la meva pinta.

—Volia dir-li una cosa, senyor Bishop. Com a secretari general de l'ONG, suposo que li interessarà saber que he fet tots els possibles per recuperar els seus diners i evitar que els somalis marxessin de l'hotel...

—Sí, bé... —va dir, indulgent.

—No me n'he sortit. Ho sento.

—Oh, no t'amoïnis. —I pensava «Ningú no esperava que un marrec com tu salvés el món». Suposo que considerava una mica lamentables les meves pretensions.

—Com que m'ha semblat que vostès tampoc no tenien gaire interès per recuperar els setanta-cinc milions...

—Home! Sí que en teníem, d'interès! —va riure.

—Han abandonat! —el vaig acusar.

—Perquè no hi havia res a fer... Si és veritat que no saps on és la teva germana...

—La meva germana està segrestada. I un dels segrestadors és un advocat que es diu Nicanor Toledo, que està allotjat aquí, a l'hotel, i que treballa per als laboratoris Chemical Chem...

—Per als laboratoris Chemical Chem? Quina bestiesa!

—Els ho hauria dit abans, si m'haguessin volgut escoltar. Aquest Toledo té un amic que es diu Joan Juanes i està connectat amb el senyor Toledo a través d'un telèfon mòbil. El seu número és el nou zero nou u dos tres... —Em vaig interrompre en veure que l'altre arrufava les celles i se li estarrufava el bigoti—. Que no em creu?

—Em sembla que m'estàs prenent el pèl, noi... —però no n'estava gens segur.

—És igual. El cas és que ara ja sé on és la meva germana i la puc anar a salvar. Però per saber on la tenien he hagut de disposar dels seus setanta-cinc milions de pessetes. —El Trevor Bishop va torçar el cap a la dreta i va esbatanar els ulls. «Què?»—. Molt senzill. He trucat al senyor Joan Juanes i li he dit que si deixa anar la meva germana li direm on són amagats els setanta-cinc milions... I ell ha acceptat el tracte.

El Trevor Bishop no sabia si riure o plorar.

—Em vols fer creure que només has trucat i l'has convençut així, per telèfon...? A un segrestador?

—Bah, no és un professional. —I ho podia demostrar—: Al nòvio de la meva germana, el Carles, no li va costar gens fugir. El Juanes és un matusser que ara mateix està mort de por per la responsabilitat que li han posat al damunt. Segur que aquell home no té ni antecedents penals. És un pobre home que s'ha vist ficat en un embolic massa gros per a ell sol...

El Trevor Bishop s'enfurismava:

—Però tu no pots disposar de setanta-cinc milions que no són teus!

—Bé, sempre podran anar a veure el senyor Juanes

i preguntar-li d'on ha tret tants diners. Jo, per salvar la meva germana, em veig amb dret de fer servir el que sigui. De tota manera, només volia comunicar-l'hi. El tracte amb el segrestador està tancat. M'ha dit on és, als afores de Guadalajara. Ara només falta que hi vagi jo i alliberi la meva germana. Ella dirà on són els diners.

—Escolta, noi...!

Em volia agafar pel braç. Jo vaig fer un salt enrere i va esgarrapar l'aire.

—No li estic demanant permís, senyor Trevor. Només li estic comunicant que, donat que vostès han renunciat als diners, jo els he fet servir. Gràcies. I denunciï'm, si vol.

Vaig recular fins a la porta i vaig sortir corrents. Tenia pressa per anar a salvar la Pili.

Al carrer, al costat de mitja dotzena de motos aparcades en bateria, vaig trobar el Toribio i la Bruna, cara a cara, parlant alhora i movent molt les mans per explicar-se millor. Em va alegrar veure la noia, perquè això volia dir que no havia ensopegat ni amb la senyora ni amb el senyor Toledo. I això em va recordar que l'hauria d'advertir del perill que corria.

En veure'm, el Toribio la va assenyalar, acusador:

—Diu que és la teva nòvia!

I ella, com ofesa, posant-se molt vermella:

—Jo no he dit això, xerraire!

Jo, anant per feina, que en tenia i molta, vaig fitar els ulls del Toribio i vaig dir:

—Ja en parlarem. Ara hem de marxar. D'aquí a un minut ja serà tard.

—Som-hi —va acceptar el Toribio. Ja treia les claus, ja obria el cadenat de la moto, ja es posava el casc.

I, tot d'una, quan jo ja m'havia oblidat d'ell, la mà del recepcionista va caure sobre l'esquena del Toribio. Pendents d'altres coses, cap dels tres l'havíem vist sortir de l'hotel.

—Ep! Ep, Niceto! No tan de pressa, noi.

—Què passa? —va preguntar el Toribio. Però em sembla que ell ho sabia tan bé com jo, el que passava. Passava que els somalis s'havien queixat del número de les maletes. I que al recepcionista li havia faltat temps per delatar-lo, per telèfon, a la superioritat.

—El cap de personal t'està esperant al seu despatx —va dir el recepcionista, amb veu d'uixer que anuncia l'inici de les sessions del judici de Nuremberg—. Em sembla que hi hauràs de tenir una llarga conversa.

Jo no vaig poder evitar que se'm posés cara de desastre. Sense la moto del Toribio, la possibilitat de trobar la Pili s'esvaïa per complet. Suposo que el Toribio es va adonar que en aquell moment a mi em queia el món al damunt. Va fer un intent de negociació amb el recepcionista:

—Escolta, Briones, ara no puc, tinc una cosa molt urgent per fer. Per què no li diu que ja me n'havia anat? Demà parlaré amb ell.

—Ni t'ho pensis, això —s'hi va negar el recepcionista Briones. I, sense cap necessitat, només perquè quedés ben clar, va afegir—: Porto trenta anys treballant en aquest hotel i el cap de personal no m'ha hagut de cridar mai al seu despatx. Mai!

—Però...

—Tu sabràs el que fas, noi. Si te'n vas, n'informaré al cap de personal. I em fa l'efecte que no tornaràs a entrar a aquest hotel fins que tinguis calés per pagar-te una habitació.

M'adonava que no podia demanar-li al Toribio que renunciés a les poques possibilitats que tenia de no ser acomiadat de la seva feina. Estava a punt de dir-li una mentida, «És igual, vés-hi, ara mateix se m'acaba d'ocórrer una altra manera de salvar la meva germana», però ell se'm va avançar en un gest de generositat.

Em va plantificar el casc i les claus a les mans i va dir:

—Agafa-la tu, la moto. És aquesta. L'Honda de 500 cc amb un adhesiu del Madrid al dipòsit. Procura tornar-me-la sencera.

I se'n va anar, capcot, hotel endins. El recepcionista no es va estar de dedicar-me una llambregada triomfal abans de deixar-nos.

Jo em vaig quedar amb les claus a una mà i el casc a l'altra, mirant-me aquella moto monstruosa amb cara de tòtil.

—Quina hora és? —em va preguntar la Bruna.

—Què? Ah, sí —vaig mirar el rellotge—. Les cinc i quart. —A què venia aquest interès per l'hora? L'hi vaig preguntar—: Per què?

—Perquè si només són les cinc i quart tinc temps d'acompanyar-te jo. Vinga, anem on sigui —es va oferir.

—És que...

—Què passa?

—Que jo no sé dur aquesta moto! —vaig confessar.

I era veritat. La meva experiència amb les motos començava i acabava als 49 cc. No tenia ni idea del que s'havia de fer, no ja per circular, sinó ni tan sols per engegar aquella mena de monstre de mig litre.

—Cap problema. Jo sí que en sé! —em va sorprendre la Bruna—. Un cosí meu, a Menorca, en té una i me l'ha deixat portar moltes vegades. Fins i tot fèiem carreres, a l'hivern, al carrers de les urbanitzacions.

—Però tu no pots...

—Ho dius perquè tinc catorze anys? Amb el cap amagat pel casc i amb aquest vestit que porto, puc passar per una de vint!

De fet, jo no ho havia dit exactament per això; ho havia dit perquè era conscient que si venia amb mi, la Bruna acabaria trobant-se amb el comissari Campuzano. I el Campuzano potser era capaç de rentar-se les dents amb pasta d'afaitar i no notar la diferència, però, després del que li havia dit el Nicanor Toledo a l'hospital, jo estava segur que, en arribar al despatx, havia buscat la denúncia dels pares de la Bruna, la denúncia i la foto d'aquella noia pèl-roja d'ulls verds, inconfusible.

No vaig dir res de tot això, però. En aquell moment, la Bruna era la meva única esperança de salvar la Pili. I, a més a més, he de confessar que no em semblava tan terrible que la tornessin a casa: on podia portar-la aquella fugida esbojarrada? Si seguia així, sense un duro, robant per anar tirant, tard o d'hora en faria una de grossa i podia acabar a la presó.

La Bruna ja s'havia posat el casc del Toribio.

—Vinga! On anem? —I va pujar a la moto, o la va escalar, que no sé com s'ha de dir quan es tracta d'una màquina tan grossa.

No m'havia enganyat sobre les seves habilitats com a motorista. La moto se li va engegar a la primera.

I ja ens teniu conduint l'Honda pel centre de Madrid, carrer d'Alcalá enllà, passant pel costat de la Cibeles i la porta d'Alcalá *(Mírala, mírala, mírala, mírala!)*, vorejant el parc del Retiro i, més enllà, la plaça de Las Ventas, camí de Guadalajara, a una velocitat que no devia ser excessiva, perquè molts altres vehicles ens avançaven, però que a mi, de paquet, em semblava suïcida.

Per si de cas, m'agafava ben fort a la cintura de la Bruna, i per distreure el cangueli l'interrogava a crits:

—Li has dit al Toribio que ets la meva nòvia?

Ella em contestava, també a crits, emmordassada pel casc:

—Se li nota molt que es mor de ganes d'enrotllar-se amb mi! Així no es fa il·lusions! Només per això, eh? Quan truquis a la Blanca, digue-li que pot estar tranquil·la!

La Blanca! Trucar a la Blanca? Quina idea! Que lluny em semblava, en aquells moments. És clar que li hauria d'haver trucat, però se m'havia oblidat del tot. Què passava? És que les comunicacions entre els nostres planetes respectius havien quedat tallades? Potser hi havia una mena d'asteroide pèl-roig que s'hi havia posat pel mig i havia produït interferències.

La Bruna va canviar de registre per sorpresa:

—Tinc una bona notícia! Els somalis es queden! El Qazur s'ha entestat a buidar totes les maletes i comprovar-ne centímetre a centímetre el contingut! I l'Abdul ha dit que perdrien l'avió, i ha trucat a la companyia aèria per canviar els bitllets! Marxaran demà al matí!

Tenim fins demà per salvar la teva germana, recuperar els diners i entregà'ls-hi!

I jo, «Glups i reglups!», ja feia estona que havia donat per perduda la guerra de Somàlia. Callava i em concentrava a no sortir disparat de la moto cada vegada que preníem un revolt. Callava aleshores i callo ara, és clar.

Perquè ja us deveu haver adonat que no us ho estic explicant tot.

10

La solució de l'enigma

Són molts els lectors que m'escriuen per dir-me que els finals dels meus llibres són massa previsibles, que ells els veien venir de lluny i que totes les meves explicacions a l'hora de dir com vaig descobrir un culpable són supèrflues i que cansen. Ho entenc i m'excuso, però la realitat és així de vulgar. Per això en aquest llibre he decidit estalviar-vos el calvari i donar per fet que coneixeu perfectament la solució.

Us suggereixo que jugueu, a classe, a veure si sabeu de quina manera vaig aconseguir esbrinar el lloc on tenien presonera la Pili i qui era el traïdor de l'ONG. Tots aquells que ja ho hàgiu endevinat podríeu explicar-ho a la minoria més mandrosa que no s'hi ha fixat bé quan jo donava les pistes.

I us suggereixo que escriviu en aquest capítol les solucions de l'enigma tenint en compte, com a noves dades, el desenllaç que escric a continuació.

11

Salvador salvat

Després de saltar del tren, la Pili es va quedar molt quieta, de bocaterrosa sobre el balast, amb el cap recolzat en un rail, com un indi que estigués escoltant si s'apropava el cavall de ferro. Quan el Carles, esverat i corrents, va arribar al seu costat, va comprovar que tremolava i plorava en silenci.

—Ondi, nano, quina cagada, em sembla que m'he trencat la cama —va dir, tota valenta.

Deu metres més enllà, a tocar de la via hi havia un mur i un reixat de filferro que tancava una fàbrica i que havia impedit que els galifardeus del tren saltessin immediatament darrere seu. El Carles, però, no tenia cap dubte que els perseguirien així que els fos possible, de manera que va aixecar la Pili a pes de braços i se la va carregar a cavallet, a l'esquena, com una motxilla humana.

No tenia gaires camins per triar. A l'altra banda de les vies, un mur cobert de grafits d'allò més artístics; a la dreta, un camp llaurat molt gran i molt llis, on els haurien localitzat de seguida. Van vorejar la paret de la fàbrica, van penetrar cap a l'esquerra i van creuar un pas a nivell, per un carreró ben estret. Una mica més endavant, en una cantonada, hi havia un bar il·luminat on prenien cafè amb llet els obrers més matiners. I una bicicleta recolzada en un fanal, allà mateix, a l'abast. Qui l'havia d'agafar?

Era un cas de força major. L'home de les ulleres asimètriques i el de la pell massa blanca podien aparèixer en qualsevol moment per on menys se'ls esperessin.

Es van allunyar d'allà, la Pili asseguda sobre la barra de la bici i abraçada al maletí dels setanta-cinc milions de pessetes, arraulida entre els braços del Carles.

—Hem d'anar a un hospital —deia el Carles—. Jo fugiré tot sol.

—Ni parlar-ne! —s'hi resistia la Pili—. Si no és res! Només una torçada!

No podia evitar que li caiguessin les llàgrimes, però serrava amb força dents i llavis, i reprimia sanglots i gemecs. El seu pla d'agafar els diners i avançar el tren amb un taxi, de Guadalajara a Madrid, per arribar abans que ningú al Palace i entregar els diners als somalis, se n'anava en orris. Què farien ara?

Fugien per una carretera vorejada d'arbres que oferien un amagatall relatiu. No sabien cap a on anaven: només buscaven un refugi on prendre alè i poder observar l'estat de la cama de la Pili.

Els perseguidors els van veure de lluny, però. Un horitzó massa pla, amb poques cases. Què hi feien, per allà, dos joves en bicicleta, a punta de dia, amb el fred que feia? O potser els perseguidors havien arribat al bar i s'havien assabentat que algú havia robat la bici. O potser els van trobar a força de paciència, per eliminació, recorrent cada pam de terreny.

El cas és que semblava que tots els camins duien a la granja cremada. Dies després, jo també hi vaig arribar. Uns tres quilòmetres abans, havia reconegut la desviació de Torrejón i Torrelaguna, que havia vist en baixar a Guadalajara, aquell matí, i em vaig emocionar en pensar que havia estat tan a prop de la meva germana sense saber-ho.

Vam deixar enrere, lluny, l'anunci de Torres i això va invalidar definitivament les elucubracions que relacionaven la marca de conyac amb el jeroglífic dels escacs.[6] En un determinat moment, vam agafar una desviació a la dreta, una carretera de grava en pèssim estat que pujava, vorejada de matolls i sotabosc, cap a un turonet coronat d'arbres. Des d'allà dalt, vam poder veure la casa de pagès on estava segrestada la Pili. Al davant, un llampant Renault Megane de color groc i un Nissan Terrano blau ens indicaven el final del nostre viatge.

Un quilòmetre de suau però continuat pendent més endavant, la carretereta s'encreuava amb un camí que també devia baixar des de la carretera principal. Allà hi havia un rètol tronat i despintat que anunciava «CAMINO PARTICULAR». I a partir d'aquell punt la carreterenta de grava degenerava en camí i, dos-cents metres més enllà, arribava a un pontet sota el qual algun dia havia passat un rierol, amb un senyal de stop rovellat, absurd, perquè allà no hi havia cap cruïlla.

Per prudència, vam deixar l'Honda del Toribio a prop de l'stop, amagada sota el pontet.

6. Compte, que això és una pista per desxifrar l'enigma!

La senda polsosa i plena de sots que seguia estava vorejada de males herbes que feien més d'un metre. No hi entenc gaire, en botànica (sóc de ciutat), però vaig identificar bardisses, cards i ortigues (perquè us feu una idea del pa que s'hi donava). Ens vam apropar a la casa ajupits, a poc a poc, procurant mantenir-nos per sota del nivell dels matolls, avançant de genolls o reptant per terra, com comandos per territori enemic.

—Que emocionant —repetia la Bruna, tota enriolada—. Ho fas molt sovint, això, tu?

—Un parell de vegades al dia.

Tots dos parlàvem així perquè estàvem mortalment esglaiats, és clar.

Primer, vam trobar un petit edifici ensorrat, una mena de corral o cort de porcs convertit en caòtic amuntegament de toves i bigues. Amagats allà al darrere, vam poder contemplar el casalot que quedava a cinquanta metres.

Jo de seguida em vaig fer la meva història pel que feia a la casa de pagès. Camperols amb mala sort, que havien maldat per sobreviure amb les terres i quatre animalons però que mai no n'havien tret prou profit per fer reformes i modernitzar-la. Camperols desgraciats, aclaparats per les adversitats, un mal dia se'ls havia cremat el mas, com ho demostraven les taques negres de sutge que havien deixat les flames a les finestres i les parets. I com a conseqüència de l'incendi, la meitat de l'edifici s'havia esfondrat i havia deixat a la vista papers pintats i ennegrits i mobles atrotinats, que ningú no havia considerat dignes de ser rescatats.

—I ara què fem?

La Pili era allà dins, segur, però també hi havia un mínim de dues persones. I estaven molt empipades, com es podia deduir pels crits que arribaven fins a nosaltres.

—Perquè tu has dit...! Perquè tu has fet...!

—Jo què coi he d'haver dit ni fet...!

Per vèncer el desassossec que em dominava, vaig recular, cap al camí, cap a la carretera, allunyant-me de la granja cremada al mateix temps. La Bruna em seguia. Amb grans precaucions, vam arribar al pontet, vam recuperar la moto i, a tota velocitat, vam córrer a buscar un bar o una cabina telefònica. Vam tornar a la carretera, al turonet, a l'edifici amb l'anunci del Torres, a la cruïlla de Torrejón i Torrelavega. Les meves mans, subjectes a la cintura de la Bruna.

Tenia el número del mòbil del comissari Campuzano.

—Sóc el Flanagan! Ja sé on tenen segrestada la meva germana!

Li vaig dir com arribar-hi. Em va prometre que no trigaria més de tres quarts d'hora, i va insistir que l'esperéssim al pontet i que, sobretot, no féssim res fins que arribés.

Començava a fosquejar. La Bruna em mirava i jo no sabia on mirar. Em va semblar veure un cotxe groc que passava, procedent de la casa cremada, però no hi vaig poder parar gaire atenció.

—I ara? —va preguntar ella—. Què farem, mentrestant?

Jo esquivava els seus ulls, tan verds que fins i tot un daltònic n'hauria endevinat el color. Em posaven molt nerviós, aquells ulls, i feien que en sentís uns altres, els de la Blanca, clavats al clatell. Ves quina ximpleria, oi? A més a més, era injust. La Blanca, maca, intel·ligent, lleial i gens gelosa, tenia confiança en mi i mai no em demanaria comptes de res. Volia dir això que era tan oberta que no li importaria que jo explorés altres possibilitats? I qui m'havia dit a mi que la Bruna estava disposada a participar en l'experiment? Bé, sí, m'ho deien els seus ulls. O no? Ai!

Quan penso aquestes coses se'm posa una cara de tòtil que m'obriria les portes de les principals cadenes de televisió. El cert era que cada cop em posava més frenètic, i no era només per la proximitat de la Pili i la imminència del seu rescat.

—Anem —vaig dir.

—Però a on?

—Allà. No vull que se'ns escapin.

Vam tornar cap a la casa cremada. Quan vam arribar al pont, on hi havia l'stop, vaig baixar de la moto i li vaig dir a la Bruna que potser seria millor que se n'anés. Volia resistir-s'hi i dir que no, que no pensava deixar-me sol, que volia arribar al final de l'aventura, però els ulls se li'n van anar cap al rellotge. Com si fos la Ventafocs i calculés el temps que li quedava d'encanteri.

—Sí, potser sí que marxi —va dir. Vaig tenir el disgust de la meva vida. Sabia que ho havia de dir, però no m'imaginava els efectes que podien tenir aquelles paraules—. Però...

Semblava que encara hi havia possibilitats que es quedés.

—Sense peròs —la vaig tallar—. Mira, Bruna... No sé si faig bé, però no vull que t'agafi la policia.

—La policia? —aquella paraula eliminava qualsevol possibilitat de negociació.

—Crec que hauries de tornar a casa teva, però no conec la teva història, de manera que no t'hi puc forçar. En tot cas, val més que hi tornis quan vulguis i pel teu propi peu. No vull que t'hi portin agafada de l'orella. —Ella potser volia protestar amb la seva vehemència habitual, però la vaig aturar amb un gest—: D'aquí a tres quarts d'hora arribarà un policia, el comissari Campuzano, que et coneix. Sap que has fugit de casa i deu haver vist la denúncia dels teus pares i, segurament, la teva foto i tot. Si et veu, t'haurà de retenir i hauràs de tornar a casa teva.

Les paraules «tornar a casa» li van fer l'efecte d'una amenaça directa. Com si fossin un conjur que desfermava bandades de monstres esfereïdors i la feia tremolar de por. Vaig veure clarament que lluitava contra la temptació d'arrencar a córrer i no parar fins a Aranjuez. Per fi, va mirar amunt, cap a la carretera principal. Ensorrats com estàvem, en aquell horitzó buit d'arbres, es veien perfectament, llunyans, els llums dels pocs cotxes que hi circulaven. Va agafar una glopada d'aire i em va mirar a la cara amb tot el coratge.

—M'ha agradat molt coneixe't, saps?

I aquell va ser un petó de debò, no com els que ens havíem fet a l'estació de Sants. Un d'aquells petons que s'allarguen i provoquen vertigen, mareig, sensació d'ingravidesa i amnèsia general. Un d'aquells petons que, suposo, recorden els vellets amb enyorança i tendresa quan, al parc, veuen una parella d'enamorats que està aprenent a besar.

—M'estaria tota la vida fent-te petons —va dir ella—. Si no fos per la Blanca... Te'n recordes?

És clar que hi havia la Blanca. És clar que em recordava de la Blanca, ara que ho deia. Potser no la recordava abans que ella m'hi fes pensar, però ara ja la recordava, sí, la Blanca, és clar, tan perfecta, tan poc gelosa, tan bona persona. Fins i tot me la podia imaginar perfectament allà al costat dient-me «Abraça la Bruna, sisplau, Joan, no et tallis. No veus que ho necessita?», i això em feia sentir culpable i molest al mateix temps. La Bruna, la Blanca: m'havia d'aclarir, però la noia que tenia al costat no em va donar el temps que necessitava (calculo que uns cent anys) per pensar-hi i arribar a treure conclusions, perquè aleshores va dir «Adéu, Flanagan», i es va posar el casc.

Jo vaig fer mitja volta. Vaig ajupir-me i vaig avançar cap a la casa, ajupit i furtiu, ocult pels matolls, amb un buit als budells, com si fes molts dies que no menjava. Em vaig estirar a terra, al darrere d'aquell amàs de runa que un dia havia sigut cort de porcs.

El Renault Megane ja no hi era, però el Nissan Terrano seguia allà.

S'estava fent de nit, i ja havia sortit la lluna en un cel que començava a cobrir-se d'estels. Vaig endevinar la llum d'una llanterna que es movia per la casa.

Tot d'una, un moviment al meu costat i un ensurt. Què podia ser? Un llop? Una serp? Un home amb una pistola?

Era la Bruna, que em dedicava un somriure indecís. Li vaig preguntar amb les celles «Què hi fas, aquí?». Ella va xiuxiuejar perquè érem molt a prop de la casa.

—És que et volia dir una cosa...

—Què?

—Que no ens tornarem a veure, saps? Mai més.

Em va indignar. Em va semblar molt cruel que em vingués al darrere només per dir-me allò, que era com clavar-me un punyal a l'esquena i remenar dins la ferida.

—Això em volies dir?

—No, no... —se'n penedia—. Perdona, et volia dir que...

—Què.

—Em fas enveja, saps?

La vaig mirar de cua d'ull. Havia parlat en aquell to especial que anuncia revelacions transcendentals. I defugia els meus ulls, concentrada a examinar unes herbes que havia arrencat.

—Em fa molta enveja pensar que a casa teva tots us deveu estimar molt. Tu, la teva germana, els teus pares... —Em sentia com si al meu davant els negrets de Somàlia estiguessin provant d'endevinar el que jo esmorzava cada dia. A mesura que parlava, a la Bruna se li anava obrint una mena d'esquerda a la veu. Va haver d'agafar aire abans de continuar—: A casa meva només he sentit que crits. La meva mare i el meu pare discutint, tirant-se els plats pel cap. Eren molt joves i jo vaig arribar abans de temps, saps? La mare diu que el pare va marxar per culpa meva. I ella va haver de deixar la universitat i s'ha convertit en mestressa de casa, i això no m'ho perdonarà mai. I es va tornar a casar amb un padrastre que va aprendre a fer de padrastre amb les pel·lícules del Walt Disney. I tot el que faig o dic jo està mal dit o mal fet. No, no m'han pegat mai, això era mentida, però sí que m'han fet sentir culpable. Com si jo fos un obstacle en la seva felicitat...

I jo, què podia dir? Què pots dir en aquests casos?

—Bé, els pares, ja ho saps, no són perfectes —i li vaig acariciar la galtona coberta de pigues, perquè hi ha vegades que les paraules soles serveixen de ben poc, si no de res.

Les meves paraules devien semblar-li l'estupidesa més gran del món perquè, ara sí, la Bruna no se'n va poder estar més i es va posar a plorar. Molt baixet, apartant la cara, morta de vergonya, però les llàgrimes van ser com una torrentada que s'emportava riu avall totes les barreres que havia posat entre ella i el món: les mentides, aquella actitud entre salvatge i entremaliada. Tot desapareixia i només quedava una pobra noia, una nena perduda en un bosc ple d'ombres, sola i espantada.

Vaig sentir... no ho sé, què vaig sentir. No crec que fos només llàstima, ni tampoc només ràbia, ni tan sols només afecte. M'imagino que va ser una mena de còctel explosiu de les tres coses. Ella estava asseguda entre les herbes i jo m'hi vaig apropar dient alguna cosa sense gaire sentit, «Ei, Bruna, ei, ei...», i la vaig abraçar, i ella s'hi resistia i s'entestava a girar la cara, i jo vaig subjectar-la amb fermesa, fins que vaig trobar una altra vegada els seus llavis. Tot d'una, em vaig sentir rebutjat pels seus braços.

—No, Flanagan, no...

—Què passa?

—Que me'n vaig. Que me'n vaig per sempre. Aquesta nit me'n vaig a Irlanda.

—A Irlanda? —vaig preguntar, per comptes de cridar «No te'n vagis!», que era el que em venia de gust.

—El meu pare viu a Irlanda. El meu pare de debò, vull dir. No el veig des de fa sis anys.

—¿I te'n vas a buscar un pare que no s'ha dignat a donar senyals de vida en tot aquest temps? —deia jo, amb l'èmfasi de qui vol cridar «No te'n vagis, sisplau, no te'n vagis!».

—No és culpa seva. Fa sis anys, un dia, es va presentar a l'escola i se'm va endur. Em volia portar al seu país, però el van detenir a l'aeroport. El van deixar en llibertat sota fiança, i ell se'n va tornar a Irlanda sense presentar-se al judici. Des de llavors que no pot tornar al país, perquè hi ha una ordre de detenció contra ell. Jo no sabia ni on vivia.

—Però com saps que el trobaràs? Tu mateixa acabes de dir que no saps on para. Com t'ho faràs, per arribar a Irlanda?

—Aquest matí, abans d'anar al Palace, he passat per l'ambaixada d'Irlanda, al carrer Claudio Coello. Han estat molt amables, i amb les dades que jo tenia han aconseguit localitzar el meu pare. I li he trucat, l'hi he explicat tot i ell ho ha arreglat de seguida. Aquesta nit, a les dotze, arribarà a Barajas un amic seu. —I, amb un alè d'il·lusió a la veu—: Hi has jugat mai, a tocar i parar? D'aquella manera que si toques la paret estàs salvat? Doncs és igual. Si a les dotze d'aquesta nit sóc a l'aeroport de Barajas, hauré tocat la paret. L'amic del meu pare sap com treure'm del país sense córrer riscos.

Va seguir un silenci. I després la Bruna va afegir, amb molta intensitat però molt baixet:

—Si alguna cosa em sap greu, és separar-me de tu. No havia conegut mai ningú com tu. Tant de bo el meu pare se t'assembli.

Suposo que allò era una mena de perífrasi d'un senzill «T'estimo». I jo volia agafar-la per les espatlles i demanar-li que s'hi repensés, prometre-li que jo sempre la protegiria... Però ella era més forta.

—Bé, ara sí que he de marxar.

I va marxar. Va haver-ho de fer de manera molt brusca i sense precaucions. I jo també vaig fer un gest involuntari per retenir-la, o potser se'm va escapar un «No, espera!». El cas és que ens havíem oblidat d'on érem i del que estàvem fent allà, i ella ja corria cap al pontet quan ens va sobtar el crit procedent de la casa:

—Ei, què collons hi feu, aquí! Sortiu d'allà darrere! Us he vist!

I un tret. *Un tret!* Un tret de pistola, *pam!*

El soroll d'un tret té efectes curiosos sobre l'organisme. El James Bond, per posar un cas, es convertia en una mena de concursant de televisió quan en sentia un: «Hum, l'espetec correspon a una pistola de la marca tal, del calibre tal, fabricada a Nosequelàndia l'any 67, i aquesta mena d'armes només les fan servir els de Spectra...» A mi, en canvi, em bloqueja la facultat de raonar. Quan sento el patac o el xiulet de les bales, només se m'acudeix ensorrar el cap entre les espatlles, col·locar-me en posició fetal i convertir-me en una mena de vegetal.

—Que dic que us he vist! Sortiu! Veniu cap aquí!

Era ell qui venia, les sabates fent crac-crac sobre la grava i l'herba seca del camí. La llum de la llanterna diluïa la foscor. De quatre grapes, vaig començar a vorejar les runes, per posar-les entre mi i l'home aquell. A les palpentes, vaig descobrir el forat. Una obertura, una mena de túnel que penetrava cap al cor de la muntanya de totxos. M'hi vaig ficar, reptant i espeternegant, desesperat. Salvat.

I un cop dins, en una mena d'habitacle limitat i humit i fosc on ja no hi havia porcs però on havia romàs per sempre la seva fortor, em vaig adonar que m'havia ficat a la gola del llop. I se'm va fer un nus als budells i dues mans sàdiques n'estiraven fort dels dos extrems.

El Joan Juanes era a l'altra banda de la paret. El sentia cridar i panteixar i gairebé li podia sentir l'alè.

—Sé qui ets, imbècil! —Estava molt enfadat—. I no saps el que t'hi jugues! Tinc aquí la teva germana, saps? Et vam avisar! Et vam dir què li passaria si feies el ximple!

—Si toca la meva germana...! —vaig udolar.

—Sortiu d'aquí o us trec a trets!

Parlava en plural. Es pensava que la Bruna era amb mi. Bé, això podia significar que havia fugit..., o que havia anat a buscar ajut.

—Entri vostè!

...Perquè, ben pensat, jo no estava ben bé a la gola del llop. No del tot. En aquella cort enderrocada, s'hi havia d'entrar com jo hi havia entrat, com s'havia d'entrar en alguns castells medievals: ajupit, de genollons, amb el cap per davant, sense espai per bellugar-se ni possibilitat d'utilitzar l'arma. Qui estava a dins, en canvi, tenia tots els avantatges. Cop de garrot així que li vegis el serrell, per més que porti l'espasa del Conan o el fusell metrallador del Rambo.

El raig de llum de la llanterna era l'única cosa que el Juanes s'atrevia a fer passar a l'interior. Jo em mantenia enganxat a la paret, al costat de l'entrada. Havia agafat un roc per si de cas.

—Sortiu! Fotré foc a la cort!

—La pedra no crema, idiota!

—Doncs li trencaré l'altra cama a la teva germana, noi! —esbufegant de fúria—. Li faré mal!

Vaig haver de fer un esforç inhumà per impedir que se'm notés l'esglai a la veu:

—Per fer-li mal hauria de retrocedir fins a la casa i ficar-s'hi a dins, i mentrestant, nosaltres sortiríem d'aquí! No digui rucades, senyor Juanes! Sabem que és metge! Al judici haurà de respondre de tot el que faci a partir d'ara!

—Doncs la mataré, noi! Us mataré a tots i tu m'hi hauràs obligat! —cridava el Joan Juanes amb la veu estrafeta pel nervis—: Sí, senyor, sóc metge, sí, senyor! Anestesista, per ser més exactes! Sóc metge! I de prestigi! Vull dir que no hauria d'estar aquí, ara, tenint cura d'aquesta mocosa! Cinc dies, m'hi he estat, fotent-li el dinar i aguantant-li els capricis, m'entens? Cinc dies! I no pensàvem fer-li res! L'hi he dit mil vegades! No pensava tocar-li ni un pèl, i ella m'havia promès que no explicaria res a ningú quan l'alliberéssim! Diríem que ella i el seu amic havien sortit a la carretera i havien parat un cotxe, per buscar ajut, i en el cotxe, casualment, hi viatjava jo, i casualment jo era metge! Li vaig curar la cama, i no la vaig dur a l'hospital perquè ells no hi volien anar, eren fugitius, atracadors que acabaven de cometre un robatori...! Va ser un cas de consciència! M'hi van obligar! Hauria estat la seva paraula contra la meva! —No s'ho creia ni ell, que tot s'hauria pogut solucionar així, i per això li tremolava la veu, a punt del plor—. Però vosaltres sou uns tafaners i uns imprudents i l'heu cagada, nois, l'heu cagada! Perquè ara ja no hi ha excuses possibles i us he de matar! Us he de matar!

Tenia por. Jo estava *gairebé* segur que no s'atreviria a fer servir la pistola. Tanmateix, segons com, els covards són els més perillosos quan se les veuen amb gent indefensa. Com més inofensiu em semblava, més m'esverava, allà tancat, en aquella situació imbècil.

I suposo que quan estàs molt esverat no se't pot exigir que filis prim i no fiquis la pota. Em penso que per això vaig cridar el que vaig cridar:

—Si fos vostè, ho deixaria tot i fugiria mentre encara hi és a temps! La policia ve cap aquí!

El Juanes va voler fer una rialla sarcàstica, però li va sortir una mena d'esbufec musical.

—Esperes que m'ho cregui, això? La policia no sap ni que existeixo!

—Ah no, doctor Juanes? I per què no els ho hauria d'haver dit? Per fer-li un favor a vostè? O al seu amic, el Borni...?

—Calla! —Jo m'estava convertint en l'idiota que sabia massa.

—O al Nicanor Toledo, o l'altre còmplice, el de l'ONG, que l'acaba de venir a veure?

—Calla! Deixa'm pensar! Una paraula més i mataré la teva germana, i després us mataré a vosaltres!

Vaig fer un esforç per callar. No era fàcil, perquè acabava de descobrir que cridar em relaxava. Com més temps pensés, més temps donava perquè arribés la policia. Treva de silenci, que jugava a favor meu. El raig de llum de la llanterna creuava el forat que quedava a la porta i il·luminava una paret coberta de porqueria, a l'altra banda de la caseta. Per molt que pensés, per molt temps que li donéssim, el Juanes mai no arribaria a la conclusió d'abandonar i deixar que em sortís amb la meva. I, ben pensat, jo em començava a penedir d'haver parlat massa. Aquestes coses, «la policia ve cap aquí», només s'han de dir, per fanfarronejar, quan la policia *no* ve cap aquí. Bé, de totes maneres, no venia. Quant de temps havia passat d'ençà que havíem trucat? No se sentien cotxes, ni sirenes, ni es veia res, a part del raig lluminós de la llanterna del Juanes clavat com amb xinxetes a la paret de la cort. El raig de llum de la llanterna del Juanes!

—Senyor Juanes! —vaig xisclar de sobte, apressat per un pressentiment terrible—. Juanes!

El Juanes, ni paraula, és clar. I jo vaig cridar «Merda!», i ja estava arrossegant-me, sortint pel forat estret i brut que quedava a la porta.

El Juanes havia marxat, ja ho crec que havia marxat! Havia deixat la llanterna, enfocada cap a dins de la cort, encaixada entre les branques d'un arbre perquè em pensés que seguia allà, i havia retrocedit silenciosament cap a la casa cremada. I ara no se'l veia. Encara devia ser a dins, perquè el Nissan Terrano seguia davant l'entrada. Encara devia ser dins, amb la Pili! I es va sentir un tret dins de l'edifici.

Un tret!

—Pili! —Vaig arrencar a córrer cap a la casa.

I un altre tret!

I se'm van escapar les llàgrimes i un crit desconsolat, i ja vaig veure la Pili morta, estesa a terra, dormint per sempre. Vaig entrar a la casa fosca i vaig pujar escales amunt sense ensopegar, com si hi hagués viscut tota la vida. I si vaig ensopegar, no me'n vaig adonar. En aquell moment, vaig saber què era l'odi. Vaig desitjar matar aquell home, el Juanes, a qui ni tan sols no havia vist la cara. És molt fort desitjar la mort d'una persona, eh? Després, quan penses en aquell instant, et sents molt dolent, molt dolent, descobreixes que podem arribar a ser molt dolents si es donen les circumstàncies que ho afavoreixin.

Hi havia llum en una cambra. Llum i ombres, i sorolls confusos, i els crits de la Pili, «No, no, no!», i jo que entro i el primer que veig és la cama encanyada de la Pili, i les calces, perquè li van haver de treure els pantalons per curar-li la cama, i tot de moviment i esbufecs i gemecs, la Pili rebolcant-se brutalment amb un home de tern gris, dues mans que engrapaven el canell d'una mà armada, tot molt frenètic.

—Pili! —vaig cridar en un altre to, il·lusionat i ple d'esperança.

I em vaig llançar per agafar, jo també, la mà armada. Les meves mans al costat de les mans de la Pili, la meva germaneta, tots dos forcejant amb el mateix enemic, mirant-nos als ulls, incrèduls, plorosos tots dos, «Pili! Que sóc aquí, salvant-te la vida!», «Joan! Què hi fas, aquí? Com has pogut arribar! Ets el millor detectiu del món!», com en un bon culebró d'aquells de plorar molt, «No el deixis anar, Joan! No deixis que es mati!».

—Què?

—Que es vol matar! Que es vol suïcidar! Que m'acaba de clavar un rotllo i s'ha posat a plorar i diu que es vol morir!

—I tu no vols que em mori? —va preguntar tot d'una el doctor Juanes, emocionat.

Érem tres caps ben junts a la llum d'una llanterna. Tres parells d'ulls ben irritats i llagrimosos. Ara, el doctor Juanes afluixava perquè estava entendrit, agraït per les paraules de la Pili. Però no paràvem de forcejar, cosa que feia la situació bastant grotesca.

—No vols que em mori, oi, nena? Perquè jo et vaig cuidar, oi? No vols que em mori!

—Doni'm aquesta pistola! —que crido jo, i m'enfilo braç amunt i aconsegueixo posar les mans sobre la pistola, i s'escapa un tret.

Pam!, i la bala que rebota del sostre a terra, com aquella dins de la vella Tèxtil, quan un violador de nenes es volia fer l'home,[7] *pam!*, com aquell dia que em van disparar, en un iot, a la Costa Brava.[8] Ja hi hauria d'estar acostumat, però noi, sembla que a aquestes coses no hi ha manera d'avesar-s'hi. De l'esglai, vaig alliberar el braç del Juanes, i la Pili va anar d'esquena a terra, i la pistola em va caure al front amb tota la força del món.

Noi, Flanagan, el que et faltava! El cop al cap que sempre estaborneix els detectius de ficció! No m'havia

7. A l'aventura de l'*Alfagann és Flanagan*.

8. Aquell ensurt que vaig tenir al *Flanagan de luxe*!

passat mai, us ho juro! ¿Un cop tan fort que se te'n va el món dels ulls i la força dels braços i de les cames? Mai! I el crit de la Pili, «Joan!», i encara més crits a continuació. De sord, no, que no m'hi vaig tornar. Sentia que el Juanes li deia «Sí, sí! Tu parlaràs a favor meu! Explicaràs a la policia que et vaig cuidar!», i la Pili, horroritzada, histèrica, impotent, que no sabia què m'havia passat a mi, si m'havia mort o què, «Deixi'm estar!», i jo de bocaterrosa, respirant microbis com un imbècil, incapaç de moure un dit.

—Que em deixi estar! —xisclava la Pili—. Joan! Que em deixi estar! Que el meu germà és mort!

—Vine, vine! —deia ell—. Hem de preparar la meva defensa! Pirem d'aquí abans que no arribi la poli!

Els xiscles s'arrossegaven cap enfora de la cambra, escales avall, fora de casa, es confonien amb els grills del camp, i jo com un imbècil.

Primer, de quatre grapes, després em vaig posar dret estintolant-me al marc de la porta, vaig baixar els graons rodolant i vaig sortir de la casa quan el Nissan Terrano s'estava posant en moviment. A dins, la Pili que udolava com si l'escorxessin. I jo que no podia córrer perquè les cames em feien figa. Però havia d'aturar com fos aquell 4 × 4 que ja feia un bot cap endavant, el primer pas de la seva inevitable fugida, i jo que salto, boig, i em llanço amb les mans per davant, caic de morros i m'agafo al para-xocs del darrere del cotxe, com un idiota que es pensés que així el podria aturar. Flanagan el Superman que fa que es clavi en sec un Nissan Terrano, que l'aixeca de terra a pes de braços i recomana als dolents que es rendeixin. Flanagan Indiana Jones que ja s'imagina posant un peu al para-xocs, la mà a la roda de recanvi, hop!, escalant el Nissan, enfilant-se al sostre, traient el cap pel davant del parabrisa i dient «Cucú» al doctor Juanes... *Juanitu* Flanagan Anguera que és arrossegat d'una estrebada pel cotxe, el cantell d'alumini que li talla els dits, la fricció contra el terra que li crema cuixes i genolls i li fa parracs els pantalons i les sabates, arrossegat per damunt d'ortigues, esbarzers i cards... Fins que, és clar, no pots més, però què t'havies pensat, infeliç?, i tot d'una et trobes rodolant per terra, i on és el cotxe?, on s'ha ficat? Examen suspès. «Torni a presentar-se pel setembre, però estudiï molt durant l'estiu, perquè no el veiem gens preparat.»

El cotxe s'allunyava sense remei. El Juanes s'escapava amb la Pili, vés a saber amb quines intencions. Aquell home s'havia tornat boig.

En incorporar-me, vaig veure les llums blaves de la policia damunt del turonet. La policia, molt bé! Com el setè de cavalleria! Però de seguida, el desànim. El Juanes arribaria a la desviació del «CAMINO PARTICULAR» molt abans que la policia. «Agafarà cap a la dreta, i quan els policies arribin a la casa i jo els pugui explicar el que ha passat, el Nissan Terrano i la Pili ja seran una mica més lluny, i el Juanes, una mica més boig. Adéu, Juanes. Adéu, Pili. Ara sí que no hi ha miracles que valguin. Ara sí que em posaré a plorar.»

I llavors, dessota mateix del pont, allà on havíem amagat la moto, sona el bramul d'un altre motor i, entremig d'una boira de pols i fang i bardisses, escalant el terraplè d'un salt, surt un cavall de ferro amb una amazona adorable, amb la cabellera de foc al vent i ulls de maragda que se li suposen en la foscor, i surt al pas del Nissan.

Era la Bruna, que corria a trobar el Juanes. Anava també, però, a trobar-se amb la policia.

12

Les dames són bones peces

La Pili, després, em va explicar que en veure el far de la moto al retrovisor, el Joanes es va posar a marranejar si fa no fa com el cíclop quan els homes de l'Ulisses li van clavar la llança roent a l'ull. (No heu vist la pel·lícula amb el Kirk Douglas? És molt emocionant. També hi ha un llibre antic que en parla, però no és apte per a joves perquè hi surten senyores despullades.)[9] Anava conduint amb la pistola a l'esquerra del quadre de comandament i amb un ull vigilava la Pili, asseguda al seient del costat; haver d'estar atent al camí, a la pistola, a la Pili, als vehicles de la policia que baixaven cap a ell i ara, a més a més, a la moto que els volia tallar el pas, suposava una feina excessiva per a les seves neurones, cansades, atabalades i atemorides.

—No hauria passat res! —repetia—. Si no s'hi haguessin ficat pel mig, no hauria passat res!

—Deixi'm anar! Deixi'm anar a buscar el meu germà! —li demanava la Pili.

—Calla!

9. Hàbil recurs per fer que els joves s'interessin pels clàssics. Que en prenguin nota els profes!

El Juanes es va alegrar molt quan, de sobte, el far de la moto va desaparèixer del retrovisor. Segur que per un moment es va pensar que l'Honda havia sortit del camí i s'havia estimbat. Segur que en aquell moment es va fer il·lusions d'arribar a la desviació abans que els cotxes de les llums blaves, i devia pensar «Per un pèl!», i es devia imaginar la xarxa de la llei que li queia al damunt i ell mateix que se n'escapolia miraculosament per un dels forats.

De fet, l'Honda havia sortit del camí, però no s'havia estimbat. Corrent camí amunt, amb sang que encara em rajava del front i una riuada d'adrenalina per tot el cos, vaig poder veure perfectament tota l'acció. La Bruna ara baixava per un terraplè i, immediatament, s'enfilava per un altre i, d'aquesta manera, tallava un ample revolt del camí i s'avançava al Nissan.

No sé què es proposava fer, exactament. Tal com anaven les coses, em va semblar que volia encreuar la moto per barrar-li el pas al Juanes. Però va errar el càlcul, gairebé va fer tard, i l'Honda va sortir d'un salt del camí amb el temps just perquè el Nissan no se l'emportés per davant.

Flaix!, un esclat de llum i de polseguera i una ombra negra que creuaven per davant del parabrisa i dels nassos de l'aterrit Joan Juanes, que va trepitjar el fre per reflex. La Pili va aprofitar l'ocasió per emparar-se de la pistola. I el Juanes, perdut l'oremus, en intentar impedir-l'hi, va donar un cop de volant involuntari.

Em vaig quedar clavat al mig del camí, contemplant el doble accident.

D'una banda, la Bruna, esglaiada, havia perdut l'equilibri sobre la moto i havia aterrat sobre la roda del davant. La màquina va fer un bot i, literalment, se li va escapar de les mans, la va escopir enlaire i va fugir, fent ziga-zagues per entremig dels matolls que vorejaven el camí.

D'altra banda, simultàniament, a conseqüència de la frenada i la maniobra sobtada, el Nissan Terrano va derrapar, les dues rodes de l'esquerra van enfilar-se sobre un tronc i el cotxe va caure catastròficament sobre el costat dret.

El Juanes encara no havia tingut temps de reaccionar contra la Pili que ja es veia envoltat per cotxes de policia. Llumetes blaves, tocs d'avís de sirena escandalosa, agents d'uniforme que corren cap al Nissan, el rostre del comissari Campuzano que treu el nas per la finestra i pregunta: «Heu pres mal?»

El Juanes no va intentar la més mínima resistència. Finalment, es va imposar el seny. Des que havia començat tot aquell afer desastrós, havia pres, una darrere l'altra, totes les decisions equivocades, i va decidir que per no prendre més decisions equivocades, el millor era no prendre'n cap. Després de tot, ell no era un delinqüent professional. Era metge. Tants anys d'estudiar, tantes nits en blanc per treure endavant la carrera de medicina, tantes il·lusions, tants esforços, tantes angúnies i tantes alegries, exàmens aprovats, l'angoixa d'esperar les notes... i tot per acabar aquí, en un camí oblidat, amb les mans a l'olla. Idiota. Què o qui el podia haver obligat a cometre una estupidesa com aquella? Se li escapava el plor, i si no l'hi haguessin impedit, s'hauria donat cops de cap contra els troncs dels arbres.

Mentrestant, en fi, ja us ho podeu imaginar, jo m'abraçava a la Pili, òspita, i vaig deixar córrer llàgrimes i sentiments sense embuts. Vaig prendre consciència de la quantitat de dies que feia que la Pili havia estat al mas, en companyia d'aquella bèstia covarda, i de tot el que li podria haver passat! Deia «Pili, Pili», i ella deia «Joan, Joan», ja us en adoneu, res d'original, però és que hi ha poc marge per a l'originalitat en aquesta mena de situacions.

I, abraçat com estava a la meva germana, no vaig veure com, mentrestant, el comissari Campuzano s'acostava a la noia pèl-roja, que, mig estabornida, adolorida i plena de rascades, recollia una sabata que havia perdut en l'accident. Ni, molt menys, la cara de sorpresa del policia quan, de sobte, es va adonar que ell havia vist aquella cara inconfusible repassant denúncies a comissaria.

—Tu ets la Bruna Cases —li va dir. I va aprofitar que l'ajudava a posar-se dreta per subjectar-la amb cura però amb fermesa.

I ella, què havia de dir?

—I vostè és el comissari Campuzano.

—Has pres mal?

—No, però em trobaria millor si em deixés anar el braç. No cal. Ja m'ha tocat, i sé que em toca parar.

El policia va decidir que se l'emportessin també a comissaria, amb un cotxe diferent d'aquell que s'enduia el Joan Juanes.

Jo, ja ho he dit, no vaig veure ni sentir res d'això. De fet, en el moment en què vaig tornar a fer cas de la realitat que m'envoltava, la Bruna ja estava pujant al cotxe. I ens mirava, a la Pili i a mi, d'una manera que em va fer recordar allò de l'enveja que m'havia dit abans.

—Bruna...! —la vaig cridar.

El policia que la custodiava no estava per perdre el temps, però el comissari Campuzano li va fer un gest amb el braç (i se li va escapar la llanterna que duia a la mà, que va anar a parar al cap d'un dels seus agents) perquè ens deixés acomiadar-nos.

Il·luminada pels llampecs blaus dels cotxes de policia, despentinada i plena d'esgarrinxades, em va semblar més maca que mai. I també més sola, i desconsolada, tot i els esforços evidents que feia per dissimular-ho.

—Bruna... Moltes gràcies, Bruna. Em pensava que havies marxat...

—No podia pas deixar-te d'aquella manera, quan t'acabava de donar l'alto un paio amb una pistola.

—Bruna... —No em sortien les paraules, se'm quedaven a la gola. Com em podia sentir tan trist segons després haver-me sentit tan feliç?

Va haver de ser ella qui salvés la situació:

—Mira-t'ho pel cantó bo, Flanagan. Després de tot, potser sí que ens tornarem a veure. Menorca és una illa, però no és tan lluny de Barcelona com Irlanda.

I va fer un d'aquells somriures heroics que només s'aconsegueixen quan el cervell amenaça amb terribles represàlies tots els músculs de la cara perquè obeeixin les seves ordres, i va entrar al cotxe.

Una estona després, mentre pujaven la Pili amb molt de compte a una ambulància, li vaig preguntar:

—I els diners?

—Els diners? —va fer. Òspita, ja no se'n recordava, dels diners!

I no sabia on eren, els diners. Els havia amagat el Carles, i ella no sabia on.

Després d'arribar al mas cremat i de comprovar que la Pili no podia caminar, el Carles havia decidit deixar-la allà, marxar amb els diners, fer-los arribar als somalis del Palace i tornar amb una ambulància. I havia sortit corrents amb el maletí dels setanta-cinc milions a la mà.

No gaire lluny d'allà, no obstant, havia vist els dos galifardeus que els empaitaven des del tren. Es dirigien cap a la casa. Ell es va poder amagar, però els goril·les van passar de llarg i era evident que res no els impediria d'arribar a la casa cremada i trobar-hi la Pili.

De manera que va amagar els diners en algun lloc i va tornar cap a la casa, amb la intenció de protegir la Pili.

Tal com ell es temia, l'home de les ulleres estranyes i el Joan Juanes van trobar de seguida la Pili. L'amenaçaven de fer-li mal si no els deia on eren els diners, i el Carles els va atacar per l'esquena, molt valent, ell. El Juanes no era rival per al Carles, però l'altre era un bèstia. A més a més, eren dos contra un. El Carles de seguida es va trobar de bocaterrosa, amb un braç retorçat a l'esquena. El van lligar i li van preguntar on eren els diners.

—No ho diré de cap manera!

La bèstia bòrnia potser s'hi hauria acarnissat, potser hauria arribat fins a la tortura, però el Juanes l'hi va impedir. No calia fer animalades, va dir. La seva missió consistia a impedir que els diners arribessin als somalis, no? Doncs només haurien de retenir el Carles i la Pili en aquella casa fins que els somalis haguessin marxat al seu país. Al capdavall, figurava que eren lladres: si algú els trobava a faltar, pensarien que s'estaven amagant amb el botí, com fan tots els lladres del món. I ja estava. Normalment, s'hi hauria hagut de quedar el Borni, a la casa: es veu que era una mena de mercenari contractat per als treballs bruts, i el Juanes l'havia de controlar. Precisament per això, el Juanes va ordenar al seu company que marxés a Madrid, a informar del que havia passat, i ell es va quedar amb la garantia que ni a la Pili ni al Carles no els havia de passar res de dolent. Això sí: per si de cas, es va quedar la pistola que duia el Borni.

Aleshores va ser quan el Carles i la Pili es van assabentar que el Juanes era metge. Va fer que el Borni portés medicaments de Guadalajara i va curar la cama de la Pili amb molt de compte.

Durant el temps que van compartir captiveri, el Carles no li va dir a la Pili on havia amagat el maletí. Ella no ho volia saber perquè, deia, si coneixia l'amagatall i la interrogaven, acabaria revelant el secret.

El Joan Juanes no tenia ànim de segrestador, però, i per això el Carles se li va escapar a la primera ocasió. I també s'hauria escapat la Pili si no hagués tingut la cama trencada. El Juanes va perseguir el Carles fins a la carretera principal. Desesperat, havia arribat a disparar alguns trets i tot, però no l'havia pogut atrapar.

Conscient que els somalis se n'anirien d'un moment a l'altre, si és que no havien marxat encara, el Carles va córrer al Palace. Pel que es veia, però, no havia pogut rescatar els diners de l'entaforall perquè quan va arribar a l'hotel no els duia. Allò volia dir que estaven amagats prou a prop de la casa perquè no es pogués arriscar a recuperar-los sense que el veiés el Juanes.

El Borni va sorprendre el Carles quan pujava cap a la cambra dels africans, el va atrapar en un corredor solitari, el va tancar en una cambra de mals endreços i el va apallissar. Però els diners no apareixien.

—Deixeu-me pensar —vaig demanar, envoltat pel cant de grills i cigales—. El Carles ens ho va dir, on eren els diners. Ens ho va dir, però no ho vam entendre.

Al cap i a la fi, hi havia una part del seu missatge que encara no tenia sentit, oi? Era clar que totes les coses que havia fet i dit el Carles en el transcurs de la nostra breu trobada a l'hospital, en presència del Nicanor Toledo, tenien un sentit.

El comissari Campuzano i jo ens miràvem.

—Bé —li vaig dir—. Vostè també hi era, no?

—Les dames són dues peces? —va recordar ell—. Què devia voler dir?

—Això és el que li demano, que m'ajudi! Va veure i sentir tan bé com jo el que deia el Carles!

—Les dames són dues peces. I va trencar pel mig aquella que havia fet. Bé, en el joc de dames, quan entres dama, li poses una altra peça al damunt, no? La dama són dues fitxes.

—Pot ser —vaig acceptar—. Però estàvem parlant dels escacs i no de les dames.

—Quan un peó arriba al vuitè quadret, es converteix en dama. No, no és això, no...

—Per què no truquem al Carles, a l'hospital? —va suggerir, molt assenyadament, la Pili.

—No, no! —vam fer al mateix temps el comissari i jo. I ens vam posar a riure, també al mateix temps.

Tant per a ell com per a mi, era una qüestió d'amor propi. Ja tindríem temps, de preguntar-l'hi al Carles, si calia.

Es van endur la Pili a l'hospital. I ens vam quedar sols i sense cotxe, a la casa cremada, el comissari Campuzano i jo. Tots dos tractant de treure l'entrellat del misteri. I el vam treure, és clar que sí, ja ho crec. Un quart d'hora després, ja teníem el maletí dels diners a les mans, és clar.

I vosaltres, l'hauríeu trobat?

N'estic convençut. Au, us proposo que ho esbrineu, sols o amb els vostres amics o companys d'escola. Segur que us en sortireu.

13

Flanagan arregla el món

L'últim acte de l'aventura es va desenvolupar a l'hotel Palace, on vam arribar aquella mateixa nit el comissari Campuzano i jo, trepitjant fort.

El recepcionista que em dirigia llambregades elèctriques perquè considerava que la meva roba no era prou elegant, va estar a punt de fer-se l'harakiri amb un obrecartes quan em va veure blanquejat per la polseguera, la pell i la roba destrossades per les bardisses, sang seca a la galta i al front, on un blau ostentós reclamava l'assistència de cures intensives.

Quan ens vam dirigir cap a ell, em va semblar que es quedava immòbil i tractava desesperadament de posar cara de planta o de columna, per confondre's amb la decoració.

Era comprensible. Abans que nosaltres, que havíem tornat amb la moto del Toribio, havien irromput a l'hotel una colla de policies per detenir el Nicanor Toledo i el traïdor de l'ONG, acusats d'estar implicats en el segrest de la Pili. Havien preguntat pel Borni, contra el qual també havien dictat una ordre de recerca i captura, però ningú no sabia on parava. I aquestes coses, per molt discretament que les vulguis fer, sempre provoquen una mica d'enrenou i d'escàndol. Manilles, protestes dels detinguts que demanen pel seu advocat. Per molt que somriguin els policies i els empleats de l'hotel, amb cara de «No passa res, deu ser cosa de la tele, de la càmera oculta», els clients com Déu mana sempre acaben olorant que ha passat alguna cosa greu.

I quan el recepcionista ja s'estava relaxant i gaudia de la normalitat i la serenitat, arribem nosaltres. Jo, amb la roba estripada i bruta, el blau a la cara i el pèl de punta, amb l'aspecte d'un autèntic facinerós. I el comissari Campuzano, que va treure la placa de la butxaca de la jaqueta i un munt de targetes van anar a parar a terra. En veure una altra placa, el recepcionista va posar els ulls en blanc i es va haver d'estintolar per no caure a terra.

—Policia —va dir el policia, innecessàriament—. Avisi la senyora Toledo, sisplau. I els senyors Abdul i Qazur, els somalis de l'habitació 307. Els estarem esperant al saló.

Al gran saló, sota aquella cúpula tan luxosa i històrica, ens esperava un periodista d'un diari molt important. Era amic del comissari, que l'havia convocat allà perquè jo l'hi havia demanat. No es tractava només d'engarjolar els segrestadors, sinó de comprometre els autèntics responsables de tot, els grans manipuladors, que no eren uns senyors concrets sinó una gran multinacional. I això es pot fer millor a través de la premsa que amb l'ajut de la policia.

Ens vam estrènyer les mans, vam dir noms, vam demanar cafès i coca-coles i uns entrepans per a mi, que no havia menjat res des del matí. Un cambrer ens va aconsellar que ens asseguéssim en un raconet, darrere d'una columna i unes plantes.

Va aparèixer primer la senyora Toledo, encorbada com sempre, amb els ulls baixos i plorosos, amb un toc de rubor a les galtes. Va seure al davant nostre i semblava l'acusada en un judici sumaríssim. Vam mirar de tranquil·litzar-la, però resultava molt difícil, és clar.

—Senyora... —vaig dir—. La vaig sentir parlar, l'altra nit, al tren. Jo sé que vostè no volia ser còmplice de les activitats de l'empresa del seu marit. Ni del segrest ni de la gran mentida de les medicines del còlera...

La dona va aixecar els ulls i em va mirar, desconsolada però, em sembla, una mica agraïda, també. Li anava bé que jo l'ajudés a buidar el pap.

—...El seu marit li va dir que se'n tornés a Barcelona, perquè no volia que li fes nosa, però veig que vostè l'ha desobeït... I si l'ha desobeït, em sembla que és perquè creu que ens ho ha d'explicar tot. A la policia i a la premsa.

En aquell moment, van arribar l'Abdul i el Qazur. Els vaig assenyalar el maletí.

—Els cinc-cents mil dòlars! Teniu! Són vostres!

Va haver-hi una certa commoció. Obrir el maletí, veure el petit paquet que formaven el bitllets i, després, l'atabalament de «I ara què?». El Qazur no hauria tingut cap mirament a arrencar a córrer amb els diners sota el braç, però l'Abdul el va retenir. Molt seriós, i per deferència a nosaltres, va seure i va parar atenció al que allà es desenvolupava. Aleshores, l'atenció es va tornar a centrar en la senyora Toledo.

La pobra dona, cohibida en veure's novament protagonista de l'escena, va obrir la boca. Va mirar al voltant. I no va gosar.

—Jo no tinc res a dir... Estic esperant l'advocat... No penso dir ni una paraula que pugui perjudicar el meu marit...

—El seu marit es perjudica sol, senyora —li va apuntar el comissari—. I pensi que al periodista no li interessa tant el seu marit com tota l'empresa que té al darrere.

La senyora Toledo no sabia on mirar. L'empresa que tenia al darrere volia dir la manera de guanyar-se la vida, una gran multinacional, un gran sou a final de mes, vacances pagades, un pis de luxe, una segona residència que semblava un palau, hipoteques per pagar, un cotxe de tecnologia alemanya... Parlar, denunciar, potser volia dir perdre tots aquells privilegis. Negava amb el cap, es retorçava les mans i obria la boca per respirar més a gust.

—No cal que parli del seu marit —vaig intervenir—. Ja sabem que ell no fa res més que obeir els seus caps, que s'hi juga el futur. Si l'han d'acusar de segrestador i de fer servir la violència en alguns moments, en això vostè no hi entra ni surt. El que volem que expliqui a la premsa és que la Chemical Chem va vendre a l'Organització de la Natura Global una tramesa de medicaments en mal estat.

Els ullets desemparats em van fitar de nou, tot d'una, esbatanats.

—Com...? —volia dir «Com ho sap?».

El periodista també va tenir un sobresalt. Va treure de la butxaca una llibreteta i un bolígraf. Els dos somalis, de l'ensurt, de poc que no es tornen blancs.

Jo acabava:

—...I que van fer un tracte amb un senyor de la guerra de Somàlia perquè robés aquesta tramesa i impedís que arribés al seu destí.

L'actitud cada cop més culpable de la senyora Toledo suposava tota una confessió. S'agafava a la seva bossa com un nàufrag al salvavides. Se li assecava la boca i havia de beure del got. I se li estaven entelant els ulls.

—Però tu no pots saber-ho, això!

—Sí que ho puc saber. Només cal pensar-hi una mica. El seu marit treballa per a la Chemical Chem, i el Juanes també, i estic segur que aquell home borni també està a la nòmina de la multinacional. Queda clar que els laboratoris estan fent els impossibles per impedir que els medicaments arribin a mans dels qui els necessiten. Els homes del Tony Hassan diuen que si no els paguen els cinc-cents mil dòlars, destruiran els medicaments, i els laboratoris estan disposats a fer que els destrueixin. Per què ho voldrien fer, això? Només se m'acudeix que els medicaments estan en males condicions. Que no ho entenen? És el gran negoci! Venen a una ONG uns medicaments deteriorats, per valor de cent cinquanta milions de pessetes. De fet, el producte no val res, pot ser fins i tot perjudicial, però això ningú no ho sabrà si no arriben al seu destí. De manera que pacten amb un senyor de la guerra perquè els segresti i els destrueixi... —L'Abdul va estar a punt d'aixecar-se de la butaca per protestar. El vaig tranquil·litzar—: Tranqui, Abdul. No estic parlant del Hassan. Estic parlant del qui ara controla l'aeroport de Muqdiisho, es digui com es digui. —L'Abdul va pronunciar un nom que ara no recordo—. Exacte: el del vostre enemic. Aquest que ha rebut un gran carregament d'armes últimament, oi? Potser aquest carregament d'armes era el pagament pel servei que feia a la Chemical Chem. Imaginem que el carregament fos per valor de vint milions de pessetes. La Chemical Chem encara en guanyava cent trenta.

—Però...! —va voler objectar l'Abdul.

—Però, sí, però: és veritat, hi ha un però. El petit granet de sorra que fa malbé tot l'engranatge. El pilot de l'avió que portava el carregament no estava al corrent de la conxorxa i va prendre una iniciativa. Per comptes d'aterrar a Muqdiisho, on l'esperava el senyor de la guerra amic dels de la Chemical Chem, va aterrar no sé on em van dir, on hi havia el Tony Hassan. I ell, pensant-se que els medicaments valien alguna cosa, va demanar modestament aquests cinc-cents mil dòlars. Si aquests diners arribaven a mans dels nostres amics somalis i el carregament de medicaments arribava a la colònia o reserva on hi havia el focus del còlera, es descobriria que la Chemical Chem havia muntat una superestafa criminal. Suposo que els directius de l'empresa es devien posar frenètics només de pensar en imatges, retransmeses per televisió, de nens somalis morint per culpa dels seus medicaments inútils o perjudicials. Per això van mobilitzar tots els homes que tenien a l'abast. Metges com el Juanes, advocats com el Toledo, males bèsties com el Borni, i per això estaven disposats a fer el que calgués per tal que els diners no arribessin al seu destí. Van comprar un talp a l'ONG, que tractava de boicotejar les negociacions proposant als representants del Tony Hassan contraofertes ridícules, van segrestar el Carles Sistax i la meva germana, van apallissar el Carles Sistax, ens van extorsionar a tots plegats i vés a saber què haurien fet després, quan tot hagués passat, per evitar que el Carles i la Pili expliquessin qui els havia segrestat i apallissat... —Em vaig dirigir a la senyora Toledo—: Oi que és així, senyora? Oi que és aquest el joc al qual vostè no volia jugar?

La senyora Toledo va esclatar en plors, un plor tan culpable i desesperat que feia basarda mirar-la.

—Però llavors... —va fer l'Abdul, amb una veueta molt prima—. Els medicaments...

I tota l'atenció es va desviar cap a ell i hi va quedar fixada amb intensitat. Ell, a través de les ulleres que el feien semblar un mestretites, ens mirava com un nen que acaba de ficar la pota.

—Ja els podeu llençar, els medicaments —vaig dir. I en un altre to, no tan brusc—: No hi ha medicaments, Abdul. —I després d'un silenci, vaig afegir—: És clar que, ara mateix, disposes de cinc-cents mil dòlars per comprar-ne...

L'Abdul va consultar el Qazur aixecant les celles. Havien tingut temps de sobres per considerar tot el que havia parlat amb la Bruna, després de dinar, a la taula del menjador. En aquell aixecament de celles es resumien moltes preguntes i moltes respostes. Com ajudarien més el seu país malmès? Amb setanta-cinc milions de pessetes en armes o amb setanta-cinc milions de pessetes en medicaments?

—Seran medicaments —va dir l'Abdul.

—Segur? —li vaig replicar, una mica escèptic—. I què dirà el Tony Hassan quan arribeu carregats d'antibiòtics per comptes de míssils?

—No dirà res —em va respondre el negre de les ulleres, d'aspecte tan inofensiu—, perquè jo sóc el Tony Hassan.

Sorpresa general. Ell? Aquell quatre-ulls era el temible Senyor de la Guerra? I, no obstant això, algunes coses encaixaven bé i feien versemblant l'afirmació. Aquell nom tan occidental de Tony Hassan s'adeia bé amb la biografia d'aquell estudiant de Cambridge i de la Complutense. En veure l'expressió que se'ns posava, el jove es justificava:

—Havia de venir personalment a fer les negociacions... Els meus homes no... —No podia parlar amb llibertat davant del Qazur. Què podia dir? Que no eren prou de fiar? Va optar per una altra argumentació—: El meu exèrcit és modest, però va creixent. —Va parar per pensar, no gaire segur—: I encara haurà de créixer més, perquè els meus objectius són cada vegada més ambiciosos. Ja no vull recuperar només les terres de la meva família, sinó tot el país. I omplir-lo de medicines i no d'armes...

—Estàs condemnat al fracàs —va sentenciar el comissari Campuzano al mateix temps que es posava dret i donava per acabada la sessió.

—Potser sí. —El Tony Hassan també es va posar dret, molt orgullós i disposat a defensar les seves opinions—. Però si no fracasso hauré donat al meu país la millor de les victòries.

El Qazur, al seu costat, no entenia res de res i cabotejava, pessimista.

Ja ens havíem aixecat tots de les butaques quan el periodista em va pessigar la màniga i em va allunyar dels altres per fer-me tot un seguit de preguntes referents al segrest de la Pili i a la meva implicació en els fets.

Mentre responia, de cua d'ull vaig veure el Toribio, que apareixia del no-res vestit de carrer i carregat amb una maleta i es quedava per allà, fent el ronso, esperant-me.

Va marxar el periodista, impacient per contrastar la notícia, documentar-se, comprovar si els segrestadors estaven efectivament a la nòmina de la Chemical Chem, seguir la pista de la tramesa de medicines i fer esclatar l'escàndol. I jo em vaig acostar al Toribio per tornar-li les claus de la moto.

—I la Bruna? —em va preguntar ell de seguida.

—Se'n torna a casa —li vaig resumir.

La notícia li va caure al damunt com una enclusa de ferro colat. S'havia fet il·lusions, és clar.

—A veure, de debò: hi ha o no hi ha res d'especial entre vosaltres? —Com qui planteja un ultimàtum.

Bona pregunta. Tens tres segons per contestar-la, Flanagan.

—Bé, doncs... potser sí. —Com dimonis no hi havia d'haver res d'especial després del que havia passat? —Segurament, a hores d'ara, sí.

—I abans, també —va fer, resignat, el Toribio—. El que passa és que no te'n volies adonar.

Em vaig estimar més canviar de tema:

—Per cert. Hem tingut un petit accident...

—La meva moto?

—Bé, només ha patit un desperfecte insignificant...

—Quin?

—L'adhesiu del Reial Madrid ha quedat fet pols...

I em vaig posar a riure en veure la seva cara, i el vaig calmar dient-li que no, que la moto tenia un pilot de rascades i un parell de bonys però que l'adhesiu estava intacte. I que m'enviés la factura de la reparació, que tenia la meva paraula que la pagaria jo.

—Valdrà més —va dir—. No crec que d'aquí en endavant em sobrin les peles.

De primer jo no captava el missatge, però ell va afegir un gest amb les espatlles, com dient «Tant se val!» i, automàticament, em vaig posar vermell de la vergonya. M'havia oblidat del tot de la seva entrevista amb el cap de personal. Un cap de personal d'un hotel com el Palace no pot perdonar mai de la vida un aldarull com el que havíem muntat a la tarda. L'havien acomiadat, és clar. I a la maleta hi duia les seves coses.

—Òspita, ho sento molt... Ha estat culpa meva. Si no t'hagués ficat en aquest merder...

No sabia què dir. Mai no sé què dir, quan acomiaden un grum del Palace per culpa meva.

El Toribio, en canvi, es va arronsar d'espatlles. Tot eren adversitats, però ell tenia una admirable capacitat per superar-les.

—Mira, és igual, passa de tot. Ja n'estava cansat, d'aquesta feina. Això no és per a mi. —I em va donar les seves dades i em va clavar un cop amistós a l'esquena que em va posar a lloc tots els ossos adolorits—: Vinga, i envia'm l'adreça d'alguna amiga de la Bruna quan m'escriguis per allò de la factura! Si no ho fas, això sí que no t'ho perdono!

En aquell moment no se'm va acudir aquesta possibilitat, però dies després vaig parlar amb els membres de l'ONG, que m'estaven lògicament agraïts, i vaig aconseguir que li donessin una bona feina a la seva nova sucursal de Madrid.

No sé en quin moment va desaparèixer la senyora Toledo, abatuda i avergonyida, purgant els pecats del seu marit. Quan acabava d'acomiadar-me del Toribio, em va barrar el pas el comissari Campuzano. Em va en-caixar la mà amb un posat tot cerimoniós, carregat de respecte.

—«...els desinflen a ganivetades...» —va dir.

—Què? —Jo encara estava sota els efectes de la notícia que m'havia donat el meu amic.

—«...desinFLEN-A-GANivetades» —va repetir el comissari—. Així és com t'ha avisat aquest matí el Carles Sistax, oi? Ha dit això per fer que t'adonessis que parlava en clau, oi? *Flan-a-gan*, Flanagan, molt enginyós. Li he estat donant voltes des d'aquest matí...

—Ah, sí...

—Me'n recordaré, de tu, Flanagan —assegurava el comissari—. Estic segur que algun dia et necessitaré. I tu truca'm si em necessites.

—Doncs ja que ho diu... Aquella noia... La Bruna...

—No hi puc fer res, Flanagan. Em sap greu, però això sí que no està a les meves mans. Però si vols passar a veure-la demà per comissaria, abans no se l'enduguin els seus pares...

Li vaig assegurar que ho faria. I llavors, el recepcionista em va posar la mà a l'espatlla, va estossegar discretament i va dir:

—No pots quedar-te aquí.

Vaig sortir de l'hotel sense piular perquè el recepcionista tenia raó. El Palace no era per a mi. Aquell saló tan bonic, espectacular, formidable, amb tots els anys d'història, estava pensat per acollir una altra mena de gent. Jo ja no hi tenia res a fer, allà.

I me'n vaig anar sol, cap a la pensió on havia deixat les coses al matí. A rentar-me, canviar-me, fer la motxilla i trucar als pares. Després, em vaig traslladar directament a l'hospital on havien dut la Pili.

D'un lloc a l'altre a peu, per començar a estalviar per pagar el meu deute amb el Toribio. Feia una nit freda, i els carrers em van semblar buits i tristos, i se'm va ocórrer que m'haurien semblat molt animats si hagués anat de la mà de la Bruna.

A l'hospital, la Pili estava bé i somrient, perquè acabava de parlar per telèfon amb el Carles, i tenia moltes preguntes per fer-me.

—Què t'han dit, els pares, quan has trucat?

—El pare ha hagut de callar —vaig explicar, amb mitja rialla—, perquè no es creia que jo pogués trobarte, saps? No se'n fiava ni un pèl, de mi. I va contractar un detectiu de debò.

—Què dius, ara?

—Te'n recordes del Lahoz, aquell que vaig conèixer aquesta setmana santa...?

—Si jo no hi era, aquesta setmana passada!

—Tens raó. Bé, doncs vaig conèixer un detectiu, un de debò, que em va presentar aquell policia que ve pel bar, que li diem «Mongeta»... I el pare va parlar amb el Mongeta, que li va donar el telèfon del Lahoz. I el va contractar. El pare estava ben convençut que tu, per fi, te n'havies anat a Venècia. Em va confessar que va arrencar una pàgina de la teva agenda on hi havia el telèfon d'uns italians...

—D'uns italians? Ah, sí, l'orxateria dels italians, on ens reunim sempre amb els de la colla!

—Doncs ell es va pensar que era algun missatge en clau. Itàlia, Venècia, el llibre del Thomas Mann, comprens? I va enviar el Lahoz cap a Itàlia...

—Què dius? Però això li costarà una morterada!

—Em temo que sí.

—I quan ha sabut que m'havies trobat...?

—Ha hagut de callar, és clar. Li dirà al Lahoz que torni, que se li han acabat les vacances italianes, i celebrarà que tot hagi acabat bé.

Tot acabava bé. O quasi.

Els pares de la Bruna eren molt matiners. L'endemà, quan vaig arribar a comissaria, ja s'havien endut la Bruna cap a l'aeroport de Barajas.

Em vaig sentir molt sol, i en sortir al carrer, després d'estar-me palplantat preguntant-me què podia fer, què em descuidava, em va venir la inspiració, la bombeta que s'encén, i vaig córrer cap a una cabina per trucar a la Blanca.

ALS LECTORS

Tal com ja vam fer al *Flanagan de luxe*, al final d'aquest llibre volem respondre i retre homenatge a tots aquells que ens han escrit i les cartes dels quals han quedat amuntegades en un racó de la taula. Volem dir, com dèiem en l'altre llibre, que si no contestem és perquè estem absorts en l'escriptura del proper Flanagan, i quan acabem d'escriure'l ens queden ganes de qualsevol cosa tret d'escriure.

Ens imaginem, doncs, que aquesta missiva comunitària forma part d'un dels llibres del Flanagan i això ens obliga a satisfer totes les demandes, que (tot s'ha de dir) acostumen a ser sempre les mateixes. A continuació, resumim aquelles qüestions que més es repeteixen, i respondrem de la manera més breu possible.

És fàcil escriure un llibre entre dues persones?

Es necessiten molts requisits per poder escriure bé bons llibres entre dues persones. Els dos escriptors han de tenir els mateixos gustos, les mateixes intencions i, per tant, el mateix objectiu, o sigui que han de voler escriure el mateix llibre. A més a més, s'ha de tenir més respecte pel resultat literari que pel col·lega que escriu amb tu, cosa que vol dir que s'ha d'exercir una crítica profunda i despietada. I això implica exercicis d'humilitat, que és una de les virtuts més escasses entre el gremi d'escriptors. A més a més, en el llibre no hi pot haver cap element que no ens agradi a tots dos i mai no caurem en l'error d'escriure capítols alterns, tu els senars i jo els parells.

Ens resulta difícil plasmar sobre el paper la vida d'un adolescent actual?

No, perquè recordem força com érem nosaltres quan érem adolescents, i resulta que les coses no han canviat tant. La literatura es fa des del nivell dels sentiments i els sentiments sempre són els mateixos. Aquest és el fons. Sobre la superfície ens documentem, entre d'altres coses, amb les vostres cartes.

Hi ha qui ens demana que no fem servir paraules difícils.

No hi ha paraules difícils ni fàcils, només paraules més habituals i paraules d'ús menys freqüent. Nosaltres només procurem dir cada cosa pel seu nom. I si aquest nom resulta que no l'heu fet servir mai, us convidem a consultar el diccionari i a fer-lo servir a partir del moment en què sabeu què vol dir.

Llista completa de la col·lecció Flanagan.

No demanis llobarro fora de temporada; *Tots els detectius es diuen Flanagan*; *No te'n rentis les mans, Flanagan*; *Flanagan de luxe*; *Alfagann és Flanagan*; *Flanagan Blues Band,* i aquest que ara teniu a les mans. A més a més, hem escrit un llibre que es diu *El carter truca mil vegades*, però no el protagonitza el Flanagan, sinó una noia anomenada Sílvia Jofre.

Vull ser escriptor/a. Com es comença a escriure? Què escrivíem nosaltres quan vam començar? Quan vam començar a escriure? Ens animava algú? Algú ens deia que no serviríem per a res si érem autors? Quina va ser la nostra primera publicació?

ANDREU MARTÍN: Això em costa molt de contestar, perquè quan ho resumeixo se'm transforma en una conferència d'hora i mitja, de manera que tractaré de ser, més que breu, telegràfic.

Per ser escriptor/a, s'ha d'escriure. Has d'escriure per a tu mateix, t'ho has de passar molt bé llegint i escrivint i rellegint i reescrivint. Si això t'avorreix, plega. Jo, als vuit anys, jugava a escriure. Dibuixava historietes i escrivia novel·letes de terror. No les ensenyava a ningú, ni a parents ni a amics d'escola. Era un joc privat, personal i intransferible, i encara avui jugo al mateix joc quan escric. Els meus pares ni em van animar ni em van desanimar: senzillament, es van resignar a tenir un fill escriptor. Era evident que no em podia dedicar a res més. De manera que el pare m'estimulava dient «Sí, fill meu, tu has de ser periodista, que els periodistes entren gratis al futbol». (Bé, és un estímul, no?) La primera cosa que vaig publicar va ser un conte de ciència-ficció. La primera cosa que vaig publicar cobrant va ser un guió de còmic.

JAUME RIBERA: Curiosament, la primera cosa que vaig publicar també va ser un conte de ciència-ficció. Tenia setze anys, i si ara algú llegís en veu alta aquell conte davant meu, em moriria de vergonya. A mi m'agradava molt llegir, i em sembla que la idea de ser escriptor me la van posar al cap a l'escola. Els profes em felicitaven per les redaccions i em deien que jo servia per escriure. Els meus pares, com que ja tenien altres fills decidits a guanyar-se la vida honradament, es resignaven a la idea de tenir-ne un una mica tarambana. Vaig estudiar periodisme, però mai no he entrat de franc al futbol. Suposo que això fa de mi un periodista fracassat. Professionalment, vaig començar escrivint guions de còmic: així vaig conèixer l'Andreu.

En general, per ser escriptor cal el mateix que per tocar la guitarra: ganes, pràctica i paciència. Les ganes es tenen o no es tenen i la pràctica permet anar aprenent les tècniques de l'ofici d'una manera lenta i intuïtiva, que exigeix paciència. A diferència de l'Andreu, jo sempre recomano escriure, des del principi, pensant a publicar. On sigui: a la revista de l'escola o del barri, a la secció de «Cartes al director» dels diaris o a un fanzine, per exemple. D'aquesta manera, sabent, mentre escrius, que d'altres llegiran allò que estàs escrivint, s'aprèn molt més de pressa.

La Pili és més gran o més petita que el Flanagan?

No ens ho hem plantejat, però em sembla que és més gran. Poc més gran, potser un any o any i mig, però va néixer la primera.

Bé, ja veieu que aquesta vegada hem mirat d'estendre'ns una mica més que al *Flanagan de luxe*. Això ho fa la mala consciència, perquè som conscients que la vostra deferència hauria de ser compensada amb cartes personals.

Gràcies, doncs, per escriure'ns i rebeu una abraçada molt forta

Aguilar Gil, Raul (Cadis)
Ailouti Caballero, Marta (Salamanca)
Alcaide Hijano, Ana Isabel (Barcelona)
Andrés González, José Carlos (Madrid)
Arranz Puerta, Marta (Madrid)
Ávila Roy, Gloria, (Còrdova)
Azorín García, Noelia (Villena [Alacant])
Barreras Biesot, Daniela (Tarragona)
Bernardos Ponce, Javier (Cadis)
Bolíviar i Puigoriol, Elisenda (Barcelona)
Bravo Sueiro, Raquel (illes Canàries)
Burgués Coma, Neus (Lleida)
Camacho, Javichu Capi, *Flanagan Forever* (Guipúscoa)
Camacho, Iago (la Corunya)
Campo Moreno, Ainara (Peralta [Navarra])
Camprubí Belzunegui, Amaya (Tarragona)
Cartagena Quinto, Araceli (Alacant)
Corral, Esther (Madrid)
Cote Núñez, Inmaculada (Cadis)
Criado Martín, Lucía (Burgos)
Cubero Fernández, Beatriz (Navarra)
Cuenca Garnero, Nuria, *Nuriky* (Múrcia)
Cueto Ortega, Ana Lara (Cantàbria)
Chico Zamanillo, Javier (San Martín de Valdeiglesias [Madrid])
Echezarreta, María (Bilbao)
Espeny, Pilar i Tomás (Saragossa)
Feito Allonca, Lucía (Astúries)

Felipe Morales, Andrea (Andratx [Mallorca])
Fernández Requena, Emilia (Orense)
Fernández Ruiz, María Luisa (Cantàbria)
Fernández-Cantalejo, Pepe (San Fernando [Cadis])
Ferrando Vicente, Vanessa (Terol)
Gallego, David (Barcelona)
García Castaño, Andrés (Barcelona)
García Solís, Daniel (Barcelona)
García Espiñeira, Aroa (Sevilla)
García Alonso, M. del Espino (Àvila)
García Vargas, José (Barcelona)
Gayubo Ausín, Amalia (Valladolid)
Genescà Flores, Mònica (Barcelona)
Gómez, Patricia (Madrid)
González Macho, Patricia (Cantàbria)
González Orozco, M. del Mar (Málaga)
González Viguera, Pedro Jesús (la Rioja)
González Ochigosa, Ana B. (Màlaga)
González Martínez, Elena (Madrid)
Gorroño, Izaskun (Biscaia)
Graíño García, Ana i Beatriz (Santander)
Haena Montull, Míriam (Barcelona)
Heras Torresano, M. Carmen (Toledo)
Hernández Conejo, Ana (Zamora)
Hernando Miguel del Corral, Héctor (Biscaia)
Jiménez Martínez-Londe, Miguel (Madrid)
Jiménez, Ana Isabel (Alacant)
Jové, Gemma (Tarragona)
Lahuerta Pérez, Pilar (Aranjuez [Madrid])
Lambiria Ruiz, José Antonio (San Fernando [Cadis])
Leal Lombardo, María (Sevilla)

Levy Benasuly, Adam (Madrid)
López Martín, Mari Carmen (Salamanca)
López Rodríguez, M. José (Barcelona)
López de Mota Galea del Campo, Valentina (Alacant)
Lozano Echevarría, Yolanda (Saragossa)
Marcos Martín, Helena (Madrid)
María, *La Poetisa sin Apellido* (Alacant)
Martín Piñol, Joan Antoni (Barcelona)
Martínez Gascón, Víctor (Almassora [Castelló])
Melero Sánchez, Susana (Cadis)
Méndez Morán, Daniel (Astúries)
Morales Encuentra, Susana (Tarragona)
Moreno Martínez, María (Cadis)
Moreno, Maite (San Fernando [Cadis])
Muiño Montesinos, Cristina (San Félix B. Peral [Múrcia])
Murillo, Gema (Alcalá de Henares)
Oliveras, Xavier (Barcelona)
Ortiz Bengoetxea, Erara (Tolosa [Guipúscoa])
Otero, María Lourdes (Pontevedra)
Pacheco Padrón, Elena (Tenerife)
Perea, Luisa María (San Fernando [Cadis])
Pérez Sánchez, Carlos (Las Palmas de Gran Canària)
Pérez Morales, Alejandro (Orense)
Poleo Choclán, Juan (Santander)
Puerta Martín, Marta (Àvila)
Quesada Macías, Sheila (Barcelona)
Rodríguez Barrios, Lucía (Cadis)
Rodríguez Vindel, Laura, amiga de Mariajo (Madrid)
Román Martínez, Diego (Madrid)
Romero, Sole (San Fernando [Cadis])
Ruano Fernández, Lucía (Salamanca)

Rustenback, Cristina (Colorado Springs [EUA])
Salas Maestre, María (Huelva)
Salvat, Aida (Tarragona)
Sánchez, Verónica (Sant Sebastià)
Santamaría Navarro, María Reyes (Madrid)
Santos Aguirre, Maiteder (Biscaia)
Santos Quirós, Gloria (Sevilla)
Sanz del Castillo, Rosa M. (Madrid)
Sarget Tarifa, Margarita (Tres Cantos [Madrid])
Sarmiento Jiménez, Aitor (Gipúscoa)
Sevilla Padrón, Guillermo (San Fernando [Cadis])
Soriano Romero, Alva (València)
Sosa Roldán, Juan Francisco (Sevilla)
Soto Carmona, Paloma (Santiago de Xile)
Soto Murias, Noa (Orense)
Valbuena Martínez, Natalia (Madrid)
Vallejo García, Elena (Gijón [Astúries])
Vázquez Chousal, Leonisa (Orense)
Velasco Sánchez Ocaña, Loida (Barcelona)
Vilar Sánchez, Sonsoles (Alacant)
Villanueva Rey, Natalia (Pontevedra)
Yuste, Margarita (Ginés [Sevilla])
Zahinos Pinilla, Joaquín (Madrid)
Zamora Burgos, Rocío (Màlaga)
Zubillaga Fernández, Rosana (Lugo).

I les alumnes de l'Instituto de Bachillerato Juan de Padilla d'Illescas (Toledo):

Arrogante Mesas, María
López García, M. Teresa
Orosa Torrecilla, Nerea
Pasero López, Nereida i
Sánchez Vallejo, Raquel.

Us estimem molt,

ANDREU MARTÍN i
JAUME RIBERA.

Aquesta edició de FLANAGAN 007
fou acabada d'estampar a
la ciutat de Barcelona
la primera quinzena
de setembre de 1999

EPÍLEG A ÚLTIMA HORA

Qui era el traïdor?

Ah, que no heu endevinat com és que ho vaig descobrir tot? Si és molt fàcil...!

Us sabrà greu quan us ho hagi explicat. Direu: «Ai, si hi hagués pensat cinc minuts més, n'hauria tret l'entrellat...!» Mireu, si no.

Va ser el Carles qui em va dir qui era el traïdor de l'ONG. Això queda clar, oi?

Allà, a l'hospital, d'entrada va dirigir la conversa cap al terreny dels noms en clau. A la Pili, la va anomenar Pipi Calcesllargues, em va explicar el galimaties del seu cognom Sistax, va jugar amb el meu nom, Flanagan... Era evident que em volia dir un nom i que me'l volia dir en clau. I em va passar aquell escaquer marcat. Allà hi havia el secret. Allà m'estava dient qui era el traïdor.

Parlem dels quatre sospitosos. Quina relació tenien els seus noms amb el món dels escacs. El nom de Rey era evident. I el Roc Alano? Que no hi havia un moviment, als escacs, que es deia *enrocar*? Bé, doncs vaig consultar un vocabulari que hi havia al mateix llibre que m'havia donat el Carles i va resultar que a la torre dels escacs també se li diu *roc*! Ja en teníem dos. Després, va resultar que de l'alfil, en anglès se'n diu *bisbe*, o sigui, Bishop! I, amb un petit esforç d'imaginació, de seguida vaig lligar que la Maica Valls tenia el ca-vall incorporat al seu nom. Un exercici que al Carles li devia resultar tan immediat com inevitable.

I per si necessitava confirmació de les meves sospites, al tauler estaven ratllades totes les figures tret del rei, la torre, l'alfil i el cavall. I l'única peça negra era l'alfil. O sigui, en Bishop. El Trevor Bishop. Ell era el traïdor.

Fins i tot hi havia la possibilitat d'arribar d'una altra manera a la solució. El Carles podia haver atracat el Bishop, al tren, perquè ja sabia que era el traïdor o senzillament perquè sospitava de tothom. En cas que no ho sabés, no hauria tingut oportunitat d'esbrinar-ho fins que es va escapar del seu segrestador i es va presentar a l'hotel Palace. I aleshores va disposar de molt poc temps, perquè de seguida el va atrapar el paio de les ulleres asimètriques, el va reconèixer i li va trencar la cama. (Per cert, què hi feia l'home del vidre transparent i el vidre negre al tren? Vaig suposar que tant ell com l'altre galifardeu eren allà per fingir el robatori. El Trevor Bishop no podia portar els diners als somalis i tampoc no podia dir que els hi havien robat sense muntar un espectacle que ho demostrés.) De manera que el Carles, en un espai tan breu de temps, només podia descobrir la identitat del talp si havia vist, per exemple, que el Bishop parlava amb el goril·la de les ulleres bicolors, perquè els altres membres de l'ONG encara no havien arribat a Madrid.

El cas és que el Carles sabia qui era el traïdor, i m'ho va dir, i un cop vaig saber qui era, ja tenia la meitat de la feina feta.

Com vaig saber on tenien presonera la Pili?

Primer, vaig anar a trucar al comissari Campuzano. Ell ja s'havia olorat que la meva germana havia estat segrestada i que jo estava fent els possibles per rescatar-la. No podia fer res, però, si jo no li demanava ajut. Era prou intel·ligent per saber que en aquests casos una indiscreció de la policia pot ser molt contraproduent. En rebre la meva trucada, va saltar de la cadira i em va dir que venia de seguida cap al Palace.

Després, vaig anar a trobar el Bishop i li vaig explicar aquella mentida, que ja sabia on era la Pili, que havia subornat el Juanes, que la vigilava. Vaig parlar com el jugador de pòquer que fa un farol. A la cartera del Nicanor Toledo, en aquella targeta, hi havia vist el nom de Joan Juanes (fàcil de recordar) i un número de telèfon mòbil. Havia lligat la dada amb la necessitat que tenia l'advocat Toledo d'estar en contacte amb el segrestador i vaig fer servir el que recordava per convèncer el traïdor que ho sabia tot (o gairebé tot). Un farol. Ni tan sols podia recordar el número de telèfon del mòbil. Recordava que començava per 909123, però res més... La vaig encertar, però. I la meva història era prou versemblant i alarmista per mobilitzar el Bishop. No podia arreglar res trucant al còmplice que tenia presonera la Pili. Si era veritat que el Juanes el volia trair, aquell paio podia dir-li que sí, que sí, però canviar d'opinió així que arribés jo i l'untés amb els cinc-cents mil dòlars (com qui diu).

No li quedava més remei que llogar un cotxe (un Renault Megane de color groc, que semblava nou de trinca) i traslladar-se immediatament cap a Guadalajara. Per això, jo necessitava amb urgència la moto del Toribio. Per seguir-lo. Però el Trevor va marxar de seguida, quan encara no havia arribat el comissari Campuzano. I vaig haver de perseguir-lo jo solet, amb la Bruna conduint la moto, sense comptar amb cap més ajut per al rescat.

I, al darrere del Renault Megane groc, vam recórrer el carrer d'Alcalá, vam passar per davant de la Cibeles, de la porta d'Alcalá *(mírala)* i etcètera, amb una dificultat afegida a totes les esmentades, i era que no ens descobrís el meu perseguit.

Com vam trobar els diners?

La part del missatge del Carles que encara no tenia sentit era aquell galimaties sobre la dama que era dues peces. Recordem que el Carles, quan marxàvem, havia trencat pel mig una dama de plastilina.

Què significava tot allò?

Ja tenim clar que, al final, havia resultat que el Bishop, l'alfil, era el traïdor. Però per què trencar la dama? Insinuava que la Maica Valls, l'única dama a la direcció de l'ONG, també estava implicada en la conxorxa?

No, vaig pensar (vam pensar, amb el comissari Campuzano): donat que havia de transmetre'm dos missatges (qui era el talp i on eren els diners) i la primera qüestió havia quedat resolta sense que calgués recórrer a peces trencades, aquesta pista potser hauria de servir per resoldre la segona qüestió. On eren els diners?

A la meitat d'una dama? D'una dama que són dues peces?

No ens en sortíem. Fins que jo vaig recordar una cosa que havia vist al primer capítol del llibre d'escacs.

—Sap què val una dama als escacs, comissari?

—Doncs... una dama pot fer la suma de moviments que fan una torre i un alfil. És com una combinació de dues peces, no? La dama es mou com dues peces alhora.

O sigui: la meitat d'una torre i la meitat d'un alfil? Tampoc això no ens aclaria gaire res.

Quedava descartat aquell anunci de conyac Torres, que era tan lluny de la casa cremada. Quan el Carles havia vist els perseguidors i, en conseqüència, havia amagat els diners, eren prou a prop del refugi per témer que estaven a punt de descobrir la Pili. Eren prou a prop de la casa perquè el Carles no s'atrevís a tornar a buscar-los, un cop havia fugit del Juanes. Què volia dir allò? Que eren dins mateix de la casa? No, allò no podia ser. Però ben a prop.

On?

—A la meitat de la torre i a la meitat de l'alfil —repetíem el comissari i jo, segurs que allò ens apropava moltíssim a la solució del secret.

La meitat de la *torre* era *to* o era *rre*. La meitat de l'*alfil* era *al* o era *fil*. Sumem-ho.

Rre-fil no volia dir res. I *fil-rre,* tampoc. I *to-al* tampoc no volia dir res. Però *al-to*...??

La paraula màgica. *Al-to*. Alto!

Em vaig avançar per mil·lèsimes al comissari.

—*Alto* vol dir *stop*! *Stop* vol dir *alto*!

L'stop!

Aquell senyal de circulació rovellat, absurd en un lloc on no hi havia cap encreuament de camins.

I al costat, el pontet. No costava gens d'imaginar que el Carles s'havia amagat sota el pont en veure que s'apropaven els dos galifardeus, el mateix pont sota el qual havíem amagat la moto del Toribio.

Allà hi havia el maletí, en una mena de lleixa excavada pel pas de les aigües.

I dins del maletí, cinc-cents mil dòlars. Cinc-cents bitllets que feien molta menys patxoca del que ens esperàvem.

—Vet aquí el maletí —vaig dir.

I el comissari:

—Rodolí.